STEFAN ZWEIG

ANGST

Novelle

HAMBURGER LESEHEFTE VERLAG
HUSUM/NORDSEE

Als Frau Irene die Treppe von der Wohnung ihres Geliebten hinabstieg, packte sie mit einem Male wieder jene sinnlose Angst. Ein schwarzer Kreisel surrte plötzlich vor ihren Augen, die Knie froren zu entsetzlicher Starre, und hastig musste sie sich am Geländer festhalten, um nicht jählings nach vorne zu fallen. Es war nicht das erste Mal, dass sie den gefahrvollen Besuch wagte, dieser jähe Schauer ihr keineswegs fremd, immer unterlag sie trotz aller innerlichen Gegenwehr bei jeder Heimkehr solchen grundlosen Anfällen unsinniger und lächerlicher Angst. Der Weg zum Rendezvous war unbedenklich leichter. Da ließ sie den Wagen an der Straßenecke halten, lief hastig und ohne aufzuschauen die wenigen Schritte bis zum Haustor und dann die Stufen eilend empor, wusste sie doch, er warte schon innen auf sie hinter der rasch geöffneten Tür, und diese erste Angst, in der doch auch Ungeduld brannte, zerfloss heiß in einer grüßenden Umarmung. Aber dann, wenn sie heimwollte, stieg es fröstelnd auf, dies andere geheimnisvolle Grauen, nun wirr gemengt mit dem Schauer der Schuld und jenem törichten Wahn, jeder fremde Blick auf der Straße vermöchte ihr abzulesen, woher sie käme, und mit frechem Lächeln ihre Verwirrung erwidern. Noch die letzten Minuten in seiner Nähe waren schon vergiftet von der steigenden Unruhe dieses Vorgefühls; im Fortwollen zitterten ihre Hände vor nervöser Eile, zerstreut fing sie seine Worte auf und wehrte hastig den Nachzüglern seiner Leidenschaft; fort, nur fort wollte dann immer schon alles in ihr, aus seiner Wohnung, seinem Haus, aus dem Abenteuer in ihre ruhige bürgerliche Welt zurück. Kaum wagte sie in den Spiegel zu schauen, aus Furcht vor dem Misstrauen im eigenen Blick, und doch war es nötig zu prüfen, ob nichts an ihrer Kleidung die Leidenschaft der Stunde durch Verwirrung verriete. Dann kamen noch jene letzten, vergeblich beruhigenden Worte, die sie vor Aufregung kaum hörte, und jene horchende Sekunde hinter der bergenden Tür, ob niemand die Treppe hinauf- und hinabginge. Draußen aber stand schon die Angst, ungeduldig sie anzufassen, und hemmte ihr so herrisch den Herzschlag, dass sie immer schon atemlos die wenigen Stufen niederstieg, bis sie die nervös zusammengeraffte Kraft versagen fühlte.

Eine Minute stand sie so mit geschlossenen Augen und atmete die dämmerige Kühle des Treppenhauses gierig ein. Da fiel von einem oberen Stockwerk eine Tür ins Schloss, erschreckt raffte sie sich zusammen und hastete, indes ihre Hände unwillkürlich den dichten Schleier noch fester zusammenrafften, die Stufen hinab. Jetzt drohte noch jener letzte furchtbarste Moment, das Grauen, aus fremdem Haustor auf die Straße zu treten und vielleicht in die vordringliche Frage eines vorübergehenden Bekannten hinein, woher sie käme, in die Verwirrung und Gefahr einer Lüge: Sie senkte den Kopf wie ein Springer beim Anlauf und eilte mit jähem Entschluss gegen das halb offene Tor.

Da stieß sie hart mit einer Frauensperson zusammen, die offenbar eben eintreten wollte. „Pardon", sagte sie verlegen und mühte sich, rasch an ihr vorbeizukommen. Aber die Person sperrte ihr breit die Tür und starrte sie zornig und zugleich mit unverstelltem Hohn an. „Dass ich Sie nur einmal erwische!", schrie sie ganz unbekümmert mit einer derben Stimme. „Natürlich, eine anständige Frau, eine sogenannte! Das hat nicht genug an einem Mann und dem vielen Geld und an allem, das muss noch einem armen Mädel ihren Geliebten abspenstig machen …"

„Um Gottes willen … was haben Sie … Sie irren sich …", stammelte Frau Irene und machte einen linkischen Versuch durchzuwischen, aber die Person pfropfte ihren massigen Körper breit in die Tür und keifte ihr grell entgegen: „Nein, ich irre mich nicht … ich kenne Sie … Sie kommen von Eduard, meinem Freund … Jetzt habe ich Sie endlich einmal erwischt, jetzt weiß ich, warum er so wenig Zeit für mich in der letzten Zeit hat … Wegen Ihnen also … Sie gemeine …!" „Um Gottes willen", unterbrach sie Frau Irene mit erlöschender Stimme, „schreien Sie doch nicht so", und trat unwillkürlich in den Hausflur wieder zurück. Die Frau sah sie höhnisch an. Diese schlotternde Angst, diese sichtliche Hilflosigkeit schien ihr irgendwie wohlzutun, denn mit einem selbstbewussten und spöttisch zufriedenen Lächeln musterte sie jetzt ihr Opfer. Ihre Stimme wurde vor gemeinem Wohlbehagen ganz breit und beinahe behäbig.

„So sehen sie also aus, diese verheirateten Damen, die nobeln, vornehmen Damen, wenn sie einem die Männer stehlen gehen. Verschleiert, natürlich verschleiert, damit man nachher überall die anständige Frau spielen kann …"

„Was … was wollen Sie denn von mir? … Ich kenne Sie ja gar nicht … Ich muss fort …" „Fort … ja natürlich … zum Herrn Gemahl … in die warme Stube, die vornehme Dame spielen und sich auskleiden lassen von den Dienstboten … Aber was unsereiner treibt, ob das krepiert vor Hunger, das schert ja so eine vornehme Dame nicht … So einer stehlen sie auch das Letzte, diese anständigen Frauen …"

Irene gab sich einen Ruck und griff, einer vagen Eingebung gehorchend, in ihr Portemonnaie und fasste, was ihr gerade an Banknoten in die Hand kam. „Da … da haben Sie … aber lassen Sie mich jetzt … Ich komme nie mehr her … ich schwöre es Ihnen."

Mit einem bösen Blick nahm die Person das Geld. „Luder“, murmelte sie dabei. Frau Irene zuckte unter dem Wort zusammen, aber sie sah, dass die andere ihr die Tür freigab, und stürzte hinaus, dumpf und atemlos, wie ein Selbstmörder vom Turm. Sie spürte Gesichter als verzerrte Fratzen vorbeigleiten, wie sie vorwärts lief, und rang sich mühsam mit schon verdunkeltem Blick durch bis zu einem Automobil, das an der Ecke stand. Wie eine Masse warf sie ihren Körper in die Kissen, dann wurde alles in ihr starr und regungslos, und als der Chauffeur endlich verwundert den sonderbaren Fahrgast fragte, wohin der Weg ginge, starrte sie ihn einen Augenblick ganz leer an, bis ihr benommenes Gehirn seine Worte schließlich erfasste. „Zum Südbahnhof“, stieß sie dann hastig heraus und, plötzlich vom Gedanken erfasst, die Person könnte ihr folgen, „rasch, rasch, fahren Sie schnell!“

In der Fahrt erst spürte sie, wie sehr diese Begegnung sie ins Herz getroffen hatte. Sie tastete ihre Hände an, die erstarrt und kalt wie abgestorbene Dinge an ihrem Körper niederhingen, und begann mit einem Male so zu zittern, dass es sie schüttelte. In der Kehle klomm etwas Bitteres empor, sie spürte Brechreiz und zugleich eine sinnlose, dumpfe Wut, die wie ein Krampf das Innere ihrer Brust herauswühlen wollte. Am liebsten hätte sie geschrien oder mit den Fäusten getobt, sich frei zu machen von dem Grauen dieser Erinnerung, die fest wie ein Angelhaken in ihrem Gehirn saß, dieses wüste Gesicht mit seinem höhnischen Lachen, dieser Dunst von Gemeinheit, der aufstieg vom schlechten Atem der Proletarierin, dieser wüste Mund, der voll Hass ihr hart bis ins Gesicht die niedrigen Worte gespien, und die gehobene rote Faust, mit der sie ihr gedroht hatte. Immer stärker wurde das Übelkeitsgefühl, immer höher klomm es in die Kehle, dazu schleuderte der rasch rollende Wagen hin und her, und eben wollte sie dem Chauffeur bedeuten, langsamer zu fahren, als ihr noch rechtzeitig einfiel, sie hätte vielleicht nicht mehr genug Geld bei sich, ihn zu bezahlen, da sie doch alle Banknoten der Erpresserin gegeben. Hastig gab sie das Signal zum Halten und stieg zu neuerlicher Verwunderung des Chauffeurs plötzlich aus. Glücklicherweise reichte der Rest ihres Geldes. Aber dann fand sie sich in einen fremden Bezirk verschlagen, in einem Geschiebe geschäftiger Menschen, die ihr physisch wehtaten mit jedem Wort und jedem Blick. Dabei waren ihre Knie wie aufgeweicht von der Angst und trugen unwillig die Schritte vorwärts, aber sie musste heim, und alle Energie zusammenraffend, stieß sie sich von Gasse zu Gasse fort mit einer übermenschlichen Anstrengung, als ob sie durch einen Morast watete oder knietiefen Schnee. Endlich kam sie zu ihrem Hause und stürzte mit einer nervösen Hast, die sie aber sofort wieder mäßigte, um nicht durch ihre Unruhe aufzufallen, die Treppe hinauf.

Jetzt erst, da ihr das Dienstmädchen den Mantel abnahm, sie nebenan ihren kleinen Knaben mit der jüngeren Schwester laut spielen hörte, und der beruhigte Blick überall Eigenes fasste, Eigentum und Geborgenheit, gewann sie wieder einen äußeren Schein von der Gefasstheit zurück, indes unterirdisch die Woge der Erregung noch schmerzhaft die gespannte Brust durchrollte. Sie nahm den Schleier ab, glättete mit dem starken Willen, arglos zu scheinen, ihr Gesicht und trat in das Speisezimmer, wo ihr Mann bei dem abendlich gedeckten Tisch die Zeitung las.

„Spät, spät, liebe Irene“, grüßte er mit sanftem Vorwurf, stand auf und küsste sie auf die Wange, was ihr unwillkürlich ein peinliches Gefühl der Scham erweckte. Sie setzten sich zu Tische, und gleichgültig, kaum von der Zeitung weg, fragte er: „Wo warst du so lange?“

„Ich war ... bei ... bei Amélie ... sie musste da noch etwas besorgen ... und ich ging mit“, ergänzte sie und schon zornig über die eigene Unbedachtsamkeit, so schlecht gelogen zu haben. Sonst rüstete sie immer im Voraus eine sorgfältig ausgeklügelte, allen Möglichkeiten der Überprüfung trotzende Lüge, heute aber hatte die Angst sie daran vergessen lassen und zu einer so ungeschickten Improvisation gezwungen. Wenn, fuhr es ihr durch den Sinn, ihr Mann, wie jüngst in dem Stück, das sie im Theater sahen, hintelefonierte und sich erkundigte ...

„Was hast du denn? ... Du scheinst mir so nervös ... und warum nimmst du denn den Hut nicht ab?“, fragte ihr Mann. Sie schrak zusammen, als sie sich neuerdings in ihrer Verlegenheit ertappt fühlte, stand eilig auf, ging in ihr Zimmer, den Hut abzunehmen, und sah dabei im Spiegel ihr unruhiges Auge so lange an, bis der Blick ihr wieder sicher und fest schien. Dann kehrte sie in das Speisezimmer zurück.

Das Mädchen kam mit der Abendmahlzeit, und es wurde ein Abend wie alle anderen, vielleicht etwas mehr wortkarg und weniger gesellig als sonst, ein Abend mit einem armen, müden, oft hinstolpernden Gespräch. Ihre Gedanken wanderten den Weg unablässig zurück und schraken immer entsetzt empor, wenn sie zu jener Minute kamen, in die grauenhafte Nähe der Erpresserin: Dann hob sie immer den Blick, um sich geborgen zu fühlen, griff Ding um Ding der beseelten Nähe, jedes durch Erinnerung und Bedeutung in die Zimmer gestellt, zärtlich an, und eine leichte Beruhigung kehrte in sie zurück. Und die Wanduhr, gemächlich mit ihrem stählernen Schritt das Schweigen durchschreitend, gab ihrem Herzen unmerklich wieder etwas von seinem gleichmäßigen, sorglos-sicheren Takt.

Am nächsten Morgen, als ihr Mann in seine Kanzlei, die Kinder spazieren gegangen waren und sie endlich mit sich allein blieb, verlor im klaren Vormittagslicht jene schreckhafte Begegnung bei nachträglicher Überprüfung viel von ihrer Beängstigung. Frau Irene besann sich zunächst, dass ihr Schleier sehr dicht und es jener Person dadurch unmöglich gewesen war, die Züge ihres Gesichtes genau wahrzunehmen und wiedererkennen zu können. Ruhig erwog sie nun alle Maßnahmen der Vorbeugung. Auf keinen Fall würde sie ihren Geliebten nochmals in seiner Wohnung aufsuchen – und damit war wohl die eheste Möglichkeit eines solchen Überfalls beseitigt. Blieb also nur die Gefahr einer zufälligen Wiederbegegnung mit dieser Person, doch auch eine solche war unwahrscheinlich, denn nachgefolgt konnte sie ihr, die doch im Automobil geflüchtet war, nicht sein. Name und Wohnung waren ihr fremd und ein sonstiges zuverlässiges Erkennen nach dem undeutlichen Gesichtsbilde nicht zu befürchten. Aber auch für diesen äußersten Fall war Frau Irene gerüstet. Dann, nicht mehr im Schraubstock der Angst, würde sie einfach, so beschloss sie sofort, ruhige Haltung bewahren, alles ableugnen, kühl einen Irrtum behaupten und, da ein Beweis jenes Besuches anders als zur Stelle kaum zu erbringen war, diese Person eventuell der Erpressung bezichtigen. Nicht umsonst war Frau Irene die Gattin eines der bekanntesten Verteidiger der Residenz, sie wusste genug aus dessen Gesprächen mit Fachkollegen, dass Erpressungen nur sofort und durch größte Kaltblütigkeit gedrosselt werden könnten, weil jede Verzögerung, jeder Schein von Unruhe vonseiten des Verfolgten die Überlegenheit seines Gegners nur steigert.

Die erste Gegenmaßregel war ein knapper Brief an ihren Geliebten, sie könne morgen zur vereinbarten Stunde nicht kommen, auch in den nächsten Tagen nicht. Beim Überlesen schien ihr das Billett, in dem sie zum ersten Mal ihre Schrift verstellte, etwas frostig im Ton, und schon wollte sie die ungefälligen Worte durch intimere ersetzen, als die Erinnerung an die gestrige Begegnung plötzlich einen unterirdisch regen Groll, der unbewusst die Kälte der Zeilen verschuldet hatte, ihr erklärte. Ihr Stolz war gereizt durch jene peinliche Entdeckung, in der Gunst ihres Liebhabers eine so niedere und unwürdige Vorgängerin abgelöst zu haben, und mit gehässigerem Gefühl die Worte prüfend, freute sie sich nun rachsüchtig der kühlen Art, mit der sie ihr Kommen darin gewissermaßen in die Sphäre ihrer gütigen Laune erhob.

Sie hatte diesen jungen Menschen, einen Pianisten von Ruf, in einem freilich noch begrenzten Kreise, bei einer gelegentlichen Abendunterhaltung kennengelernt und war bald, ohne es recht zu wollen und beinahe ohne es zu begreifen, seine Geliebte geworden. Nichts in ihrem Blute hatte eigentlich nach dem seinen verlangt, nichts Sinnliches und kaum ein Geistiges sie seinem Körper verbunden: Sie hatte sich ihm hingegeben, ohne seiner zu bedürfen oder ihn nur stark zu begehren, aus einer gewissen Trägheit des Widerstandes gegen seinen Willen und einer Art unruhigen Neugier. Nichts in ihr, weder ihr durch eheliches Glück voll befriedigtes Blut noch das bei Frauen so häufige Gefühl, in ihren geistigen Interessen zu verkümmern, hatte ihr einen Liebhaber zum Bedürfnis gemacht, sie war vollkommen glücklich an der Seite eines begüterten, geistig ihr überlegenen Gatten, zweier Kinder, träge und zufrieden gebettet in ihrer behaglichen, breitbürgerlichen, windstillen Existenz. Aber es gibt eine Schlaffheit der Atmosphäre, die ebenso sinnlich macht als Schwüle oder Sturm, eine Wohltemperiertheit des Glückes, die aufreizender ist als Unglück, und für viele Frauen durch ihre Wunschlosigkeit ebenso verhängnisvoll als eine dauernde Unbefriedigung durch Hoffnungslosigkeit. Sattheit reizt nicht minder wie Hunger, und das Gefahrlose, Gesicherte ihres Lebens gab ihr Neugier nach dem Abenteuer. Nirgends war Widerstand in ihrer Existenz. Überall griff sie ins Weiche, überall war Vorsorglichkeit, Zärtlichkeit, laue Liebe und häusliche Achtung hingebreitet, und ohne zu ahnen, dass diese Gemäßigtheit der Existenz niemals von äußeren Dingen bemessen wird, sondern immer nur Widerspiel einer inneren Beziehungslosigkeit ist, fühlte sie sich irgendwie um das wirkliche Leben durch diese Behaglichkeit betrogen.

Ihre dämmernden Mädchenträume von der großen Liebe und der Ekstase des Gefühls, eingeschläfert von den freundlichen Beruhigungen der ersten Ehejahre und dem spielhaften Reiz junger Mütterlichkeit, begannen jetzt, da sie sich dem dreißigsten Jahre näherte, wieder zu erwachen, und wie jede Frau maß sie sich innerlich die Fähigkeit zu großer Leidenschaft bei, ohne aber dem Willen zum Erleben den Mut beizugesellen, der das Abenteuer mit seinem wahrhaften Preis, der Gefahr, bezahlt. Als ihr nun in diesen Augenblicken einer Zufriedenheit, die sie selbst nicht zu steigern vermochte, dieser junge Mensch mit starkem, unverhehltem Begehren sich ihr näherte und, von der Romantik der Kunst umwittert, in ihre bürgerliche Welt trat, wo sonst die Männer nur mit lauen Späßen und kleinen Koketterien die „schöne Frau“ in ihr respektvoll feierten, ohne je ernstlich das Weib in ihr zu begehren, fühlte sie sich zum ersten Mal seit ihren Mädchentagen wieder in ihrem Innersten gereizt. An seinem Wesen hatte sie vielleicht nichts verlockt als ein Schatten von Trauer, der über seinem etwas zu interessant arrangierten Gesicht lag und von dem sie nicht zu unterscheiden wusste, dass er eigentlich ebenso erlernt sei wie das Technische seiner Kunst und jene melancholisch verdüsterte Nachdenklichkeit, aus der er ein (längst vorausstudiertes) Impromptu erhob. In dieser Traurigkeit lag für sie, die sich von lauter satten und bürgerlichen Menschen umringt fühlte, eine Ahnung jener höheren Welt, die ihr farbig aus den Büchern entgegenblickte und romantisch in den Theaterstücken sich regte, und unwillkürlich beugte sie sich über den Rand ihrer täglichen Gefühle, um sie zu betrachten. Ein Kompliment, aus der Hingerissenheit der Sekunde, vielleicht etwas heißer als schicklich dargebracht, ließ ihn vom Klavier zu der Frau aufschauen, und schon dieser erste Blick griff nach ihr. Sie erschrak und fühlte gleichzeitig die Wollust aller Angst: Ein Gespräch, in dem alles wie von unterirdischen Flammen durchleuchtet und erhitzt schien, beschäftigte und reizte ihre nun schon rege Neugier so sehr, dass sie einer neuerlichen Begegnung in einem öffentlichen Konzert nicht auswich. Sie sahen sich dann öfter, und bald nicht mehr durch Zufall. Der Ehrgeiz, dass sie, die ihrem musikalischen Urteil bisher wenig Wert zugemutet hatte und mit Recht ihrem künstlerischen Gefühl Bedeutung versagte, ihm, einem wirklichen Künstler, als Verstehende und Beratende viel bedeute, wie er ihr wiederholt versicherte, ließ sie wenige Wochen später voreilig seinem Vorschlage vertrauen, er wolle ihr und nur ihr allein sein neuestes Werk bei sich vorspielen – ein Versprechen, das in seiner Absicht vielleicht halb aufrichtig war, aber doch in Küssen und schließlich ihrer überraschten Hingabe unterging. Ihr erstes Gefühl war Erschrecken vor dieser unerwarteten Wendung ins Sinnliche, der geheimnisvolle Schauer, der diese Beziehung umwitterte, war jählings gebrochen, und das Schuldbewusstsein für diesen ungewollten Ehebruch wurde nur teilweise beruhigt durch die prickelnde Eitelkeit, zum ersten Mal durch einen, wie sie glaubte, eigenen Entschluss die bürgerliche Welt, in der sie lebte, verneint zu haben. Den Schauer vor ihrer eigenen Schlechtigkeit, der sie in den ersten Tagen erschreckte, verwandelte ihre Eitelkeit so in gesteigerten Stolz. Aber auch diese geheimnisvollen Erregungen hatten ihre volle Spannung nur in den ersten Augenblicken. Ihr Instinkt wehrte sich unterirdisch gegen diesen Menschen und am meisten gegen das Neue in ihm, das Andersartige, das ihre Neugier eigentlich verlockt hatte. Die Extravaganz seiner Kleidung, das Zigeunerische seines Hausstandes, das Ungeregelte seiner finanziellen Existenz, die zwischen Verschwendung und Verlegenheit ewig pendelte, waren ihrem bourgeoisen Empfinden antipathisch; wie die meisten Frauen wollte sie den Künstler sehr romantisch von der Ferne und sehr gesittet im persönlichen Umgang, ein funkelndes Raubtier, aber hinter den Eisenstäben der Sitte. Die Leidenschaft, die sie an seinem Spiel berauschte, beunruhigte in seiner körperlichen Nähe, sie mochte eigentlich diese plötzlichen und herrischen Umarmungen nicht, deren eigenwillige Rücksichtslosigkeit sie unwillkürlich mit der nach Jahren noch scheuen und verehrungsvollen Glut ihres Mannes verglich. Aber nun sie einmal in die Untreue geraten war, kam sie wieder und wieder zu ihm, ohne beglückt, ohne enttäuscht zu sein, aus einem gewissen Gefühl der Verpflichtung und einer Trägheit der Gewöhnung. Sie war eine jener Frauen, die selbst unter den leichtsinnigen und sogar den Kokotten nicht selten sind, deren innere Bürgerlichkeit so stark ist, dass sie selbst in den Ehebruch eine Ordnung, in die Ausschweifung eine Art Häuslichkeit mitbringen und selbst das seltenste Gefühl mit geduldiger Maske in eine Alltäglichkeit zu verspinnen suchen. Nach wenigen Wochen schon passte sie diesen jungen Menschen, ihren Geliebten, irgendwo säuberlich in ihr Leben ein, bestimmte ihm, so wie ihren Schwiegereltern, einen Tag in der Woche, aber sie gab mit dieser neuen Beziehung nichts von ihrer alten Ordnung auf, sondern legte nur gewissermaßen ihrem Leben etwas hinzu. Dieser Geliebte änderte bald gar nichts mehr am behaglichen Mechanismus ihrer Existenz, er wurde irgendein Zuwachs von temperiertem Glück, wie ein drittes Kind oder ein Automobil, und das Abenteuer schien ihr bald so banal wie der erlaubte Genuss.

Das erste Mal nun, da sie das Abenteuer mit seinem wirklichen Preis, der Gefahr, bezahlen sollte, begann sie kleinlich auf seinen Wert zu berechnen. Vom Schicksal verwöhnt, verzärtelt von ihrer Familie, fast wunschlos gemacht durch günstige Vermögensverhältnisse, schien schon die erste Unbequemlichkeit ihrer Wehleidigkeit zu viel. Sie weigerte sich sofort, etwas von ihrer seelischen Sorglosigkeit herzugeben, und war eigentlich ohne Überlegung bereit, den Geliebten ihrer Gemächlichkeit zu opfern. Die Antwort ihres Geliebten, ein aufgeschreckter, nervös hingestammelter Brief, noch am Nachmittag von einem Boten überbracht, ein Brief, der verstört flehte, klagte und anklagte, machte sie wieder unsicher in ihrem Entschluss, das Abenteuer zu enden, weil diese

Gier ihrer Eitelkeit schmeichelte und sie durch seine ekstatische Verzweiflung entzückte. Ihr Geliebter bat sie in dringendsten Worten wenigstens um eine flüchtige Begegnung, damit er doch wenigstens seine Schuld aufklären könne, falls er sie durch irgendetwas unwissend verletzt haben sollte, und nun reizte sie das neue Spiel, weiter mit ihm zu schmollen und durch unmotiviertes Verweigern sich ihm noch kostbarer zu machen. Sie empfand sich jetzt inmitten einer Aufregung, und das tat ihr, wie allen innerlich kühlen Menschen, wohl, umbrandet zu sein von Leidenschaften und doch selbst nicht zu brennen. So bestellte sie ihn in eine Konditorei, von der sie sich plötzlich wieder erinnerte, dort als junges Mädchen ein Rendezvous mit einem Schauspieler gehabt zu haben, eines freilich, das ihr jetzt kindisch dünkte, in seiner Ehrerbietung und Sorglosigkeit. Seltsam, lächelte sie in sich hinein, dass die Romantik in ihrem Leben jetzt wieder aufzublühen begann, die in all den Jahren ihrer Ehe verkümmert war. Und beinahe war sie schon jener brüsken Begegnung mit der Weibsperson von gestern innerlich froh, bei der sie seit Langem wieder ein wirkliches Gefühl so stark und stimulierend empfunden hatte, dass ihre sonst ganz leicht entspannten Nerven noch unterirdisch davon bebten.

Sie nahm diesmal ein dunkles, unauffälliges Kleid und einen anderen Hut, um bei der möglichen Begegnung die Erinnerung jener Person irrezumachen. Einen Schleier hatte sie schon bereit, um sich unkenntlicher zu machen, aber ein plötzlich aufsteigender Trotz ließ sie ihn beiseitelegen. Sollte sie es denn nicht wagen dürfen, sie, eine geachtete, angesehene Frau, auf die Straße zu gehen, aus Angst vor irgendeiner Person, die sie gar nicht kannte? Und schon mengte sich der Furcht vor der Gefahr ein fremdartig lockender Reiz, eine kampfbereite, gefährlich prickelnde Lust, ähnlich der, mit den Fingern die kühle Schneide eines Dolches zu fühlen oder in die Mündung eines Revolvers zu schauen, in dessen schwarzer Hülse der Tod zusammengepresst sitzt. In diesem Schauer des Abenteuers war etwas ihrem geborgenen Leben Ungewohntes, dem wieder nahe zu sein es sie spielhaft verlockte, eine Sensation, die ihre Nerven jetzt wundervoll spannte und elektrische Funken durch ihr Blut sprühte.

Ein flüchtiges Angstgefühl überflog sie nur in der ersten Sekunde, da sie die Straße betrat, ein nervöser Schauer von rieselnder Kälte, wie wenn man die Fußspitze prüfend ins Wasser taucht, ehe man sich der Welle voll hingibt.

Aber eine Sekunde bloß flog diese Kühle durch sie hin, dann rauschte mit einem Mal in ihr eine seltene Lebensfreude auf, die Lust, so leicht, stark und elastisch auszuschreiten, mit einem gespannten, gehobenen Schritt, den sie an sich selber nicht kannte. Fast leid war es ihr, dass die Konditorei so nahe lag, denn irgendein Wille trieb sie jetzt rhythmisch weiter fort in die geheimnisvoll magnetische Anziehung des Abenteuers. Aber die Stunde war knapp, die sie der Begegnung bestimmt hatte, und eine angenehme Sicherheit im Blut verhieß ihr, dass ihr Geliebter sie bereits erwartete. Er saß in einer Ecke, als sie eintrat, und sprang mit einer Erregung auf, die sie angenehm und peinlich zugleich berührte. Sie musste ihn mahnen, die Stimme zu dämpfen, so heiß sprudelte er aus dem Tumult seiner inneren Erregtheit einen Wirbel von Fragen und Vorwürfen ihr entgegen. Ohne den wahrhaften Grund ihres Ausbleibens auch nur anzudeuten, spielte sie mit Andeutungen, die ihn durch ihre Unbestimmtheit noch mehr entzündeten. Für seine Wünsche blieb sie diesmal unnahbar und zögerte selbst mit Versprechungen, weil sie spürte, wie sehr dies geheimnisvoll plötzliche Entziehen und Versagen ihn aufreizte … Und als sie ihn nach einer halben Stunde heißen Gesprächs verließ, ohne ihm das Mindeste an Zärtlichkeit gewährt oder auch nur verheißen zu haben, loderte sie innen von einem sehr seltsamen Gefühl, wie sie es nur als Mädchen gekannt hatte. Es war ihr, als glimme eine kleine, prickelnde Flamme tief unten und warte nur auf den Wind, der das Feuer aufpeitschte, dass es über ihrem Haupte zusammenschlage. Sie nahm jeden Blick, den ihr die Gasse zusprengte, hastig mit im Vorüberschreiten, und der unerwartete Erfolg vieler solcher männlicher Lockungen reizte ihre Neugier nach dem eigenen Gesicht so sehr, dass sie plötzlich vor dem Spiegel an der Auslage einer Blumenhandlung stehen blieb, um im Rahmen roter Rosen und tauglitzernder Veilchen ihre eigene Schönheit zu sehen. Funkelnd blickte sie sich an, leicht und jung, ein wollüstig halb geöffneter Mund lächelte ihr von drüben Zufriedenheit zu, und beflügelt fühlte sie nun ihre Glieder im Weiterschreiten; ein Verlangen nach einer körperlichen Entkettung, nach Tanz oder Taumel löste den gewohnten gemächlichen Rhythmus aus ihren Schritten, und ungern hörte sie jetzt von der Michaelerkirche, an der sie vorbeieilte, die Stunde, die sie nach Hause rief, in ihre enge, ordentliche Welt. Seit ihren Mädchentagen hatte sie nie sich so leicht empfunden, nie so beseelt in allen Sinnen, nicht die ersten Tage der Ehe und nicht die Umarmungen ihres Geliebten hatten derart mit Funken ihren Leib gestachelt, und der Gedanke wurde ihr unerträglich, jetzt schon all diese seltene Leichtigkeit, diese süße Besessenheit des Blutes an geregelte Stunden zu verschwenden. Müde ging sie weiter. Vor dem Hause blieb sie noch einmal zögernd stehen, die feurige Luft, das Verwirrende dieser Stunde noch einmal mit geweiteter Brust in sich einzuatmen, sie tief bis ans Herz zu spüren, diese letzte verebbende Welle des Abenteuers.

Da rührte sie jemand an der Schulter. Sie wandte sich um. „Was … was wollen Sie denn schon wieder?“, stammelte sie tödlich erschreckt, als sie plötzlich das verhasste Gesicht sah, und erschrak noch mehr, sich selbst diese verhängnisvollen Worte sagen zu hören. Sie hatte sich doch vorgenommen, diese Frau nicht mehr zu erkennen, wenn sie ihr jemals wieder begegnen sollte, alles abzuleugnen, Stirn an Stirn der Erpresserin entgegenzutreten … Jetzt war es zu spät.

„Ich warte schon eine halbe Stunde hier auf Sie, Frau Wagner.“

Irene zuckte zusammen, als sie ihren Namen hörte. Die Person wusste ihren Namen, ihre Wohnung. Jetzt war alles verloren, sie ihr rettungslos ausgeliefert. Sie hatte Worte zwischen ihren Lippen, die sorgsam vorbereiteten und berechnenden Worte, aber ihre Zunge war gelähmt und ohne Kraft, einen Laut hervorzubringen.

„Eine halbe Stunde warte ich schon, Frau Wagner.“

Drohend wie einen Vorwurf wiederholte die Person ihre Worte.

„Was wollen Sie … was wollen Sie denn von mir …“

„Sie wissen schon, Frau Wagner“ – Irene zuckte bei dem Namen wieder zusammen –, „Sie wissen ganz genau, warum ich komme.“

„Ich habe ihn nie mehr gesehen … lassen Sie mich jetzt … nie mehr werde ich ihn sehen … nie …“

Die Person wartete gemächlich, bis Irene in ihrer Erregung nicht mehr weiter konnte. Dann sagte sie barsch wie zu einem Untergebenen:

„Lügen Sie nicht! Ich bin Ihnen ja nachgegangen bis an die Konditorei“, und fügte, als sie Irene zurückweichen sah, noch höhnisch hinzu: „Ich habe ja keine Beschäftigung. Aus dem Geschäft haben sie mich entlassen, wegen Arbeitsmangels, wie sie sagen, und wegen der schlechten Zeiten. Na, das nützt man halt aus, und da geht unsereins auch ein bissl spaziern … ganz so wie die anständigen Frauen.“

Sie sagte das mit einer kalten Bosheit, die Irene ins Herz stach. Wehrlos fühlte sie sich gegen die nackte Brutalität dieser Gemeinheit, und immer wirbeliger fasste sie der Angstgedanke, die Person könnte jetzt wieder laut zu sprechen anfangen oder ihr Mann vorbeikommen, und dann wäre alles verloren. Rasch tastete sie in den Muff, riss ihre Silbertasche auf und holte alles Geld heraus, das ihr in die Finger kam. Mit Ekel stieß sie es ihr in die Hand, die sich schon langsam in sicherer Erwartung der Beute frech entgegenstreckte.

Aber diesmal sank die freche Hand, sobald sie das Geld spürte, nicht wie damals demütig in sich zusammen, sondern blieb starr in der Luft schweben und offen wie eine Kralle. „Geben S' mir doch auch die Silbertasche, damit ich das Geld nicht verlier!“, sagte dazu der höhnisch aufgeworfene Mund mit einem leisen, kollernden Lachen.

Irene blickte ihr in das Auge, aber nur eine Sekunde. Dieser freche, gemeine Hohn war nicht zu ertragen. Wie einen brennenden Schmerz spürte sie Ekel ihren ganzen Körper durchdringen. Nur fort, fort, nur dies Gesicht nicht mehr sehen! Abgewandt, mit rascher Bewegung streckte sie ihr die kostbare Tasche hin, dann lief sie, von Grauen gejagt, die Treppe empor. Ihr Mann war noch nicht zu Hause, so konnte sie sich hinwerfen auf das Sofa. Regungslos, wie von einem Hammer getroffen, blieb sie liegen, nur durch die Finger sprang ein wildes Zucken und rüttelte den Arm bis zu den Schultern hinauf, aber nichts in ihrem Körper vermochte sich zu wehren gegen diese aufstürmende Gewalt des entfesselten Grauens. Erst als sie die Stimme ihres Mannes von draußen hörte, raffte sie sich mit äußerster Anstrengung auf und schleppte sich in das andere Zimmer mit automatischen Bewegungen und entseelten Sinnen.

Nun saß das Grauen bei ihr im Haus und rührte sich nicht aus den Zimmern. In den vielen leeren Stunden, die immer wieder Welle auf Welle die Bilder jener entsetzlichen Begegnung in ihr Gedächtnis zurückspülten, wurde ihr das Hoffnungslose ihrer Situation vollkommen klar. Die Person wusste – unbegreiflich war ihr, wie das geschehen konnte – ihren Namen, ihre Wohnung und würde, da ihre ersten Versuche so vortrefflich gelungen waren, nun unzweifelhaft kein Mittel scheuen, ihre Mitwisserschaft zu dauernder Erpressung nutzbar zu machen. Jahre und Jahre lang würde sie wie ein Alp auf ihrem Leben lasten, nicht abzuschütteln, durch keine, auch die verzweifeltste Anstrengung, denn obzwar vermögend und die Gattin eines begüterten Mannes, war es Frau Irene doch nicht möglich, ohne ihren Gemahl zu verständigen, eine so bedeutende Summe aufzubringen, die sie ein für alle Mal von dieser Person befreite. Und außerdem – dies wusste sie aus zufälligen Erzählungen ihres Mannes und dessen Prozessen – waren doch Verträge und Versprechungen so abgefeimter und ehrloser Personen gänzlich unwertig. Einen Monat oder zwei vielleicht, so rechnete sie, war das Verhängnis noch fernzuhalten, dann musste das künstliche Gebäude ihres häuslichen Glückes niederstürzen, und geringe Befriedigung bot die Gewissheit, dass sie die Erpresserin in ihren Sturz mitriss. Denn was waren sechs Monate Gefängnis für jene gewiss liederliche und wohl schon abgestrafte Person im Vergleich gegen die Existenz, die sie selber verlor und von der sie entsetzt fühlte, dass sie ihre einzig mögliche sei. Eine neue anzufangen, entehrt und bemakelt, schien ihr, die vom Leben sich bisher nur immer hatte beschenken lassen und keinen Teil ihres Schicksals selbst gezimmert, unfassbar, und dann, ihre Kinder waren ja hier, ihr Mann, ihr Heim, all diese Dinge, von denen sie jetzt erst, da sie sie verlieren sollte, spürte, wie sehr sie Teil und Wesen ihres inneren Lebens waren. All das, woran sie früher nur mit dem bloßen Kleid gestreift war, empfand sie mit einem Mal entsetzlich notwendig, und der Gedanke schien ihr manchmal unfassbar, ja traumhaft unwirklich, dass eine fremde Vagabundin, die irgendwo auf der Straße lauerte, die Macht haben sollte, diesen warmen Zusammenhalt mit einem einzigen Wort zu sprengen.

Unabwendbar war, das spürte sie jetzt mit entsetzlicher Gewissheit, das Verhängnis, unmöglich ein Entkommen. Aber was ... was würde geschehen? Von Morgen bis Abend rüttelte sie an der Frage. Eines Tages würde ein Brief an ihren Mann kommen, sie sah ihn schon eintreten, blass mit finsterem Blick, sie beim Arme fassen, sie fragen ... Aber dann ... was würde dann geschehen? Was würde er tun? Hier verloschen die Bilder plötzlich im Dunkel einer wirren und grausamen Angst. Sie wusste nicht weiter, und ihre Vermutungen stürzten schwindlig ins Bodenlose. Eines wurde aber ihr in diesem brütenden Sinnen grauenhaft bewusst, wie ungenau sie eigentlich ihren Mann kannte, wie wenig sie seine Entschließungen im Voraus zu berechnen vermochte. Sie hatte ihn auf Anregung ihrer Eltern hin, aber ohne Widerstand und mit einer angenehmen, durch die späteren Jahre nicht enttäuschten Sympathie geheiratet und nun acht Jahre behaglichen, stillpendelnden Glücks an seiner Seite gelebt, hatte Kinder von ihm, ein Heim und zahllose Stunden körperlicher Gemeinschaft, aber jetzt erst, da sie sich nach seinem möglichen Verhalten fragte, wurde ihr klar, wie fremd und unbekannt er ihr geblieben war. Sie entdeckte in den fieberhaften Rückblicken, mit denen sie die letzten Jahre gleich gespenstischen Scheinwerfern absuchte, dass sie nie nach seinem wirklichen Wesen geforscht hatte und nun nach Jahren nicht einmal wusste, ob er hart war oder nachgiebig, streng oder zärtlich. Mit einem verhängnisvoll späten, von dieser ernsten Lebensangst aufgerüttelten Schuldgefühl musste sie sich bekennen, nur die flache, die gesellschaftliche Schicht seines Wesens gekannt zu haben und nie die innere, aus der in jener tragischen Stunde die Entscheidung geschürft werden musste. Unwillkürlich begann sie nach kleinen Zügen und Andeutungen zu forschen, sich zu besinnen, wie er in ähnlichen Fragen gesprächsweise geurteilt habe, und zu ihrem peinlichen Erstaunen wurde ihr bewusst, dass er fast niemals über seine persönlichen Anschauungen zu ihr gesprochen hatte, freilich andererseits auch, dass sie nie sich an ihn mit ähnlich verinnerlichten Fragen gewendet habe. Nun erst begann sie sein ganzes Leben an vereinzelten Zügen zu messen, die seinen Charakter ihr aufdeuten konnten. An jede kleine Erinnerung pochte jetzt ihre Angst mit zaghaftem Hammer, Eingang zu finden in die geheimen Kammern seines Herzens.

Die kleinste Äußerung belauerte sie nun und fieberte schon seinem Kommen ungeduldig entgegen. Sein Gruß traf sie kaum ins Gesicht, aber doch in seinen Gesten – nun wie er ihr die Hand küsste oder das Haar mit den Fingern überschmeichelte – schien ihr eine Zärtlichkeit zu liegen, die, obzwar sie stürmische Gebärden keusch scheute, eine tiefe innere Neigung andeuten mochte. Er war immer gemessen, wenn er zu ihr sprach, niemals ungeduldig oder erregt, und in seinem ganzen Gehaben von einer gelassenen Freundlichkeit, doch einer, wie ihre Unruhe zu mutmaßen begann, die wenig verschieden war von der zu den Dienstboten und sichtlich geringer als die zu den Kindern, die bei ihm immer rege, bald heitere, bald leidenschaftliche Formen annahm. Er erkundigte sich auch heute wieder umständlich nach häuslichen Dingen, gleichsam um ihr Gelegenheit zu geben, ihre Interessen vor ihm auszubreiten, indes er die seinen verbarg, und zum ersten Mal entdeckte sie jetzt, da sie ihn beobachtete, wie sehr er sie schonte, mit welcher Zurückhaltung er sich ihren täglichen Gesprächen – deren harmlose Banalität sie mit einem Male entsetzt erkannte – anzupassen bemühte. Von sich selbst gab er nichts her im Wort, und ihre nach Beruhigung lechzende Neugier blieb unbefriedigt.

So durchfragte sie, da das Wort ihn nicht verriet, sein Gesicht, nun er in seinem Fauteuil saß, ein Buch lesend und scharf beleuchtet von der elektrischen Flamme. Wie in ein fremdes Antlitz sah sie in das seine hinein und suchte den vertrauten und mit einem Male wieder fremden Zügen den Charakter zu entraten, den acht Jahre Beisammensein ihrer Gleichgültigkeit verborgen hatten. Die Stirne war hell und edel, wie von einer inneren starken, geistigen Anstrengung geformt, der Mund aber streng und ohne Nachgiebigkeit. Alles war straff in den sehr männlichen Zügen, Energie und Kraft: Erstaunt, eine Schönheit darin zu finden, und mit einer gewissen Bewunderung betrachtete sie diesen verhaltenen Ernst, diese sichtliche Herbheit seines Wesens, die sie bisher immer in ihrer einfältigen Art nur als wenig unterhaltsam empfunden und gern gegen eine gesellschaftliche Gesprächigkeit vertauscht hätte. Die Augen aber, in denen doch das wirkliche Geheimnis verschlossen sein musste, waren auf das Buch gesenkt und so ihrer Betrachtung entzogen. So konnte sie immer nur fragend auf das Profil starren, als bedeute diese geschwungene Linie ein einziges Wort, das Gnade sagte oder Verdammnis, dies fremde Profil, dessen Härte sie erschreckte, aber in dessen Entschlossenheit ihr eine merkwürdige Schönheit zum ersten Mal bewusst wurde. Mit einem Male spürte sie, dass sie ihn gerne ansah, mit Lust und mit Stolz. Irgendetwas zerrte ihr bei dem Wachwerden dieser Empfindung schmerzhaft in der Brust, ein dumpfes Gefühl, das Bedauern war für irgendetwas Versäumtes, eine beinahe sinnliche Spannung, die sie nie ähnlich stark von seinem körperlichen Wesen empfangen zu haben sich entsinnen konnte. Da sah er vom Buche auf. Eilig trat sie tiefer ins Dunkel zurück, um nicht mit der brennenden Frage ihrer Blicke seinen Verdacht zu entzünden.

Drei Tage hatte sie nun das Haus nicht verlassen. Und schon merkte sie mit Unbehagen, dass ihre mit einem Male so beharrliche Gegenwart den anderen bereits auffällig geworden war, denn im Allgemeinen zählte es bei ihr zu den Seltenheiten, dass sie viele Stunden oder gar Tage in den eigenen Räumen verbrachte. Wenig häuslich veranlagt, durch materielle Unabhängigkeit von den kleinen Sorgen der Wirtschaft enthoben, gelangweilt von sich selbst, war die Wohnung ihr kaum mehr als ein flüchtiger Ruheplatz und die Straße, das Theater, die gesellschaftlichen Vereinigungen mit ihren bunten Begegnungen, dem ewigen Zustrom äußerer Veränderungen ihr liebster Aufenthalt, weil hier das Genießen keine innere Anstrengung erforderte und bei schlummerndem Gefühl die Sinne vielfache Reizung empfinden. Frau Irene gehörte mit ihrer ganzen Denkweise zu jener eleganten Gemeinschaft der Wiener Bourgeoisie, deren ganze Tagesordnung nach einer geheimen Vereinbarung darin zu bestehen scheint, dass alle Mitglieder dieses unsichtbaren Bundes einander zu gleichen Stunden mit den gleichen Interessen unablässig begegnen und dies ewig vergleichende Beobachten und Begegnen allmählich zum Sinn ihrer Existenz erheben. Auf sich selbst angewiesen und vereinsamt, verliert ein so an lässige Gemeinsamkeit gewöhntes Leben jeden Halt, die Sinne ohne ihr gewohntes Futter an höchst geringfügigen, aber doch unentbehrlichen Sensationen revoltieren und das Alleinsein artet rasch zu einer nervösen Selbstbefeindung aus. Unendlich fühlte sie die Zeit auf sich lasten, und die Stunden verloren ohne ihre gewohnte Bestimmung jeden Sinn. Wie zwischen Kerkerwänden, müßig und erregt, ging sie auf und nieder in ihren Zimmern; die Straße, die Welt, die ihr wirkliches Leben waren, waren ihr gesperrt, wie der Engel mit feurigem Schwerte stand dort die Erpresserin mit ihrer Drohung.

Die ersten, jene Veränderung zu bemerken, waren ihre Kinder, besonders der ältere Knabe, der seiner naiven Verwunderung, die Mama so viel zu Hause zu sehen, peinlich deutlichen Ausdruck gab, indes die Dienstboten nur tuschelten und mit der Gouvernante ihre Vermutungen austauschten. Vergeblich mühte sie sich, ihre auffällige Anwesenheit mit den verschiedensten zum Teile sehr glücklich ersonnenen Notwendigkeiten zu motivieren, aber gerade dies Künstliche ihrer Erklärungen offenbarte ihr, wie sehr unnütz sie in ihrem eigenen Wirkungskreise durch jahrelange Gleichgültigkeit geworden war. Überall, wo sie sich betätigen wollte, stieß sie auf den Widerstand fremder Interessen, die ihre plötzlichen Versuche als angemaßte Einmengung in Gewohnheitsrechte ablehnten. Überall war der Platz besetzt, sie selbst durch die Entwöhnung Fremdkörper im Organismus des eigenen Hauses. So wusste sie nichts mit sich und der Zeit anzufangen, selbst die Annäherung an die Kinder misslang ihr, die in ihrem plötzlich regen Interesse eine neu eingeführte Kontrolle argwöhnten, und sie spürte sich beschämt erröten, als sie bei einem jener Versuche der Überwachung der siebenjährige Junge frech fragte, warum sie denn eigentlich nicht mehr spazieren ginge. Überall, wo sie helfen wollte, störte sie eine Ordnung, und wo sie Anteil nahm, erweckte sie Verdacht. Dabei fehlte ihr noch die Geschicklichkeit, das Ständige ihrer Gegenwart weniger sichtbar zu machen durch eine kluge Zurückhaltung und ruhig in einem Zimmer zu bleiben, bei einem Buche, bei einer Arbeit; unablässig jagte sie die innere Angst, die sich wie jedes stärkere Gefühl bei ihr in Nervosität verwandelte, von einem Zimmer ins andere. Bei jedem Anruf des Telefons, jedem Klingeln an der Tür schrak sie zusammen und ertappte sich selbst immer wieder dabei, wie sie hinter den Gardinen auf die Straße lugte, hungrig nach Menschen oder wenigstens deren Anblick, sehnsüchtig nach Freiheit und doch voll Angst, plötzlich unter den vorbeigehenden Gesichtern das eine emporstarren zu sehen, das sie bis in die Träume verfolgte. Sie spürte, wie ihre ruhige Existenz sich plötzlich auflöste und zerrann, und aus dieser Kraftlosigkeit entwuchs ihr schon die Ahnung eines ganzen zertrümmerten Lebens. Diese drei Tage im Kerker der Zimmer schienen ihr länger als die acht Jahre ihrer Ehe.

Doch für jenen dritten Abend hatte sie seit Wochen eine Einladung mit ihrem Manne angenommen, die jetzt plötzlich abzulehnen ohne Angabe triftiger Gründe ihr unmöglich war. Und überdies, diese unsichtbaren Gitterstäbe von Grauen, die jetzt um ihr Leben gebaut waren, mussten doch einmal zerbrochen werden, sollte sie nicht zugrunde gehen. Sie brauchte Menschen, ein paar Stunden Rast von sich selber, von dieser selbstmörderischen Einsamkeit der Angst. Und dann, wo war sie geborgener als in fremdem Hause bei Freunden, wo sicherer vor jener unsichtbaren Verfolgung, die ihre Wege umschlich? Eine Sekunde bloß schauerte sie, die knappe Sekunde, als sie aus dem Haus trat, nun zum ersten Mal seit jener Begegnung wieder die Straße berührte, wo irgendwo jene Person lauern konnte. Unwillkürlich fasste sie den Arm ihres Mannes, schloss die Augen und trat rasch die paar Schritte vom Trottoir bis zum harrenden Automobil, dann aber sank, als, sie an der Seite ihres Mannes geborgen, durch die nächtlich verlassenen Straßen der Wagen hinsauste, die innere Schwere von ihr ab, und wie sie nun die Stufen des fremden Hauses emporstieg, wusste sie sich geborgen. Für ein paar Stunden durfte sie jetzt sein wie die langen Jahre vordem: sorglos, froh, nur noch mit der gesteigert bewussten Freude eines, der aus Kerkermauern wieder zur Sonne emporsteigt. Hier war ein Wall gegen alle Verfolgung, der Hass konnte hier nicht herein, hier waren nur Menschen, die sie liebten, achteten und verehrten, geschmückte, absichtslose Menschen, von der Flamme des Leichtsinns rötlich umfunkelt, ein Reigen des Genießens, der endlich wieder auch sie umschlang. Denn nun, da sie eintrat, spürte sie an den Blicken der andern, dass sie schön war, und sie wurde es noch mehr durch das bewusste und lang entbehrte Gefühl. Wie wohl das tat nach all diesen Tagen des Schweigens, wo sie immer den schneidenden Pflug dieses einen Gedankens ihr Hirn unfruchtbar hatte durchgründen fühlen, dass alles in ihr wund war und weh, wie wohl das tat, nun wieder schmeichelnde Worte zu hören, die elektrisch belebend bis unter die Haut knisterten und das Blut aufjagten. Sie stand und starrte, irgendetwas zuckte in ihrer Brust unruhig und wollte heraus. Und mit einem Male wusste sie, dass es das eingesperrte Lachen war, das sich befreien wollte. Wie ein Pfropfen aus der Champagnerflasche knallte es empor, überschlug sich in kleinen kollernden Koloraturen, sie lachte und lachte, schämte sich manchmal ihres bacchantischen Übermutes und lachte wieder im nächsten Augenblick. Elektrizität zuckte aus ihren gelockerten Nerven, alle Sinne waren stark, gesund und gereizt, seit Tagen aß sie zum ersten Mal wieder mit wirklichem Hunger und trank wie eine Verdurstete.

Ihre eingetrocknete, nach Menschen lechzende Seele sog aus allem Leben und Genuss. Nebenan lockte Musik und drang ihr tief unter die brennende Haut. Der Tanz begann, und ohne es zu wissen, war sie schon mitten im Gewühle. Wie noch nie in ihrem Leben tanzte sie. Dieser kreisende Wirbel schleuderte alle Schwere aus ihr heraus, der Rhythmus wuchs in die Glieder und durchatmete den Körper mit feuriger Bewegung. Hielt die Musik inne, so fühlte sie die Stille schmerzhaft, die Schlange der Unrast züngelte auf an ihren schauernden Gliedern, und wie ein Bad, in kühlendes, beruhigendes, tragendes Wasser, stürzte sie sich wieder in den Wirbel hinein. Sonst war sie immer nur eine mittelmäßige Tänzerin gewesen, zu gemessen, zu besonnen, zu hart und vorsichtig in den Bewegungen, aber dieser Rausch der befreiten Freude löste alle körperlichen Hemmungen. Ein stählernes Band von Scham und Besonnenheit, das sonst ihre wildesten Leidenschaften in eine Form zusammenhielt, riss jetzt mittendurch, und sie fühlte sich haltlos, restlos, selig zerfließen. Arme, Hände spürte sie um sich, Berührung und Entschwinden, Atem von Worten, kitzelndes Lachen, Musik, die innen im Blut zuckte, ihr ganzer Körper war gespannt, so sehr gespannt, dass ihr die Kleider am Leibe brannten und sie unbewusst am liebsten alle Hüllen abgerissen hätte, um nackt diesen Rausch tiefer in sich hineinzuspüren.

„Irene, was hast du?“ – sie wandte sich um, taumelnd und lachenden Auges, noch ganz heiß von der Umschlingung ihres Tänzers. Da stieß kalt und hart der verwundert starre Blick ihres Mannes in ihr Herz. Sie erschrak. War sie zu wild gewesen? Hatte ihre Raserei etwas verraten?

„Was … was meinst du, Fritz?“, stammelte sie, verwundert vom jähen Stoß seines Blickes, der immer tiefer in sie zu dringen schien und den sie jetzt schon ganz innen, ganz an ihrem Herzen spürte. Sie hätte aufschreien mögen unter der wühlenden Entschlossenheit dieser Augen. „Das ist doch seltsam“, murmelte er endlich. In seiner Stimme war eine dumpfe Verwunderung. Sie wagte nicht zu fragen, was er damit meinte. Aber ein Schauer lief ihr durch die Glieder, als sie jetzt, da er sich wortlos wegwandte, seine Schultern sah, breit, hart und groß, zu einem eisernen Nacken nervig getürmt. Wie bei einem Mörder, flog es ihr durch das Hirn, irrsinnig und schon wieder verscheucht. Jetzt erst, als ob sie ihn zum ersten Mal gesehen, ihren eigenen Mann, empfand sie voll Grauen, dass er stark und gefährlich war.

Die Musik hob wieder an. Ein Herr trat auf sie zu, mechanisch nahm sie seinen Arm. Aber nun war alles schwer geworden, und die helle Melodie konnte ihre erstarrten Glieder nicht mehr heben. Eine dumpfe Schwere wuchs vom Herzen aus den Füßen zu, jeder Schritt tat ihr weh. Und sie musste ihren Tänzer bitten, sie freizugeben. Unwillkürlich sah sie sich im Zurücktreten um, ob ihr Mann nahe wäre. Und schrak zusammen. Er stand unmittelbar hinter ihr, als erwarte er sie, und wieder stieß er blank mit dem Blick gegen den ihren. Was wollte er? Was wusste er schon? Unwillkürlich raffte sie das Kleid zusammen, als müsste sie die nackte Brust vor ihm schützen. Sein Schweigen blieb hartnäckig wie sein Blick. „Wollen wir gehen?", fragte sie ängstlich. „Ja." Seine Stimme klang hart und unfreundlich. Er ging voraus. Wieder sah sie den breiten, drohenden Nacken. Man warf ihr den Pelz um, aber sie fror. Schweigend fuhren sie nebeneinander. Sie wagte kein Wort. Dumpf fühlte sie eine neue Gefahr. Nun war sie von beiden Seiten umstellt.

In dieser Nacht hatte sie einen drückenden Traum. Irgendeine fremde Musik rauschte, ein Saal war hell und hoch, sie trat ein, viele Menschen und Farben mengten ihre Bewegung, da drängte ein junger Mann, den sie zu kennen glaubte und doch nicht ganz erriet, auf sie zu, fasste sie am Arm, und sie tanzte mit ihm. Ihr war wohl und weich, eine einzige Welle Musik hob sie auf, dass sie den Boden nicht mehr spürte, und so tanzten sie durch viele Säle, in denen goldene Leuchter ganz hoch oben wie Sterne strahlend kleine Flammen hielten und viele Spiegel Wand an Wand ihr eigenes Lächeln ihr zuwarfen und wieder weit wegtrugen in unendlichen Reflexen. Immer heißer wurde der Tanz, immer brennender die Musik. Sie merkte, wie der Jüngling sich enger an sie schmiegte, seine Hand in ihren nackten Arm sich vergrub, dass sie stöhnen musste vor schmerzvoller Lust, und jetzt, da ihre Augen in seine tauchten, meinte sie ihn zu erkennen. Ein Schauspieler dünkte er sie, den sie als kleines Mädchen von fern ekstatisch geliebt hatte, schon wollte sie seinen Namen beseligt aussprechen, aber er verschloss ihren leisen Schrei mit einem glühenden Kuss. Und so, mit verschmolzenen Lippen, ein einziger ineinander glühender Körper, flogen sie, wie von einem seligen Wind getragen, durch die Räume. Die Wände strömten vorbei, sie spürte die aufschwebende Decke nicht mehr und die Stunde, unsäglich leicht und mit entketteten Gliedern. Da plötzlich rührte sie jemand an die Schulter. Sie hielt inne und mit ihr die Musik, die Lichter verloschen, schwarz drängten sich die Wände heran, und der Tänzer war verschwunden. „Gib ihn mir her, du Diebin!“, schrie das grauenhafte Weib, denn sie war es, dass die Wände gellten, und klemmte eiskalte Finger um ihr Handgelenk. Sie bäumte sich auf und hörte sich selber schreien, einen irren, kreischenden Laut des Entsetzens, und sie rangen beide, aber das Weib war stärker, riss ihr das Perlenhalsband ab und dabei das halbe Kleid, dass ihre Brust und Arme sich nackt entblößten unter den niederhängenden Fetzen. Mit einem Male waren wieder Menschen da, aus allen Sälen strömten sie in anschwellendem Lärm und starrten sie, die Halbnackte, höhnisch an und das Weib, das gellend schrie: „Sie hat ihn mir gestohlen, die Ehebrecherin, die Dirne.“ Sie wusste nicht, wohin sich verbergen, wohin ihre Augen wenden, denn immer näher traten die Menschen heran, neugierige, fauchende Fratzen griffen in ihre Nacktheit, und jetzt, da ihr taumelnder Blick nach Rettung fortflüchtete, sah sie plötzlich im finsteren Rahmen der Tür ihren Mann reglos stehen, die rechte Hand hinter dem Rücken verborgen. Sie schrie auf und lief von ihm fort, lief durch viele Räume, hinter ihr brandete die gierige Menge, sie spürte, wie ihr Kleid immer mehr niederglitt, kaum konnte sie es noch halten. Da sprang eine Tür vor ihr auf, gierig stürzte sie die Treppe hinab, sich zu retten, aber unten wartete schon wieder das gemeine Weib in ihrem wollenen Rock und mit ihren kralligen Händen. Sie sprang zur Seite und lief wie wahnsinnig ins Weite, aber die andere stürzte ihr nach, und so jagten sie beide durch die Nacht lange schweigende Straßen entlang, und die Laternen bogen sich grinsend zu ihnen nieder. Hinter sich hörte sie immer die Holzschuhe des Weibes ihr nachklappern, aber immer, wenn sie an eine Straßenecke kam, sprang auch dorten wieder das Weib hervor und wieder an der nächsten, hinter allen Häusern, rechts und links lauerte sie. Immer war sie schon da, entsetzlich vervielfacht, nicht zu überholen, immer sprang sie vor und griff nach ihr, die schon die Knie sich versagen fühlte. Doch endlich, da war ihr Haus, sie stürzte darauf zu, aber wie sie die Tür aufriss, stand dort ihr Mann, ein Messer in der Hand, starrte sie an mit einem bohrenden Blick. „Wo bist du gewesen?“, fragte er dumpf.

„Nirgends“, hörte sie sich sagen und schon ein grelles Gelächter an ihrer Seite. „Ich habe es gesehen! Ich habe es gesehen!“, schrie grinsend das Weib, das plötzlich wieder neben ihr stand und irrsinnig lachte. Da hob ihr Mann das Messer. „Hilfe!“, schrie sie auf. „Hilfe!“ ...

Sie starrte auf, und ihre erschreckten Blicke stießen in die ihres Mannes. Was ... was war das? Sie war in ihrem Zimmer, die Ampel brannte fahl, sie war zu Hause in ihrem Bett, sie hatte nur geträumt. Aber wieso saß ihr Mann am Rand ihres Bettes und betrachtete sie gleich einer Kranken? Wer hatte das Licht angezündet, warum saß er so ernst da, so regungslos starr? Ein Schrecken zuckte ihr durch und durch. Unwillkürlich blickte sie nach seiner Hand: nein, es war kein Messer darin. Langsam wich die Benommenheit des Schlafs von ihr und das Wetterleuchten seiner Bilder. Sie musste geträumt, im Traume geschrien und ihn erweckt haben. Aber warum blickte er so ernst, so durchdringend, so unerbittlich ernst auf sie?

Sie versuchte zu lächeln. „Was … was ist denn? Warum siehst du mich so an? Ich glaube, ich habe bös geträumt."

„Ja, du hast laut geschrien. Vom andern Zimmer habe ich's gehört."

Was habe ich gerufen, was habe ich verraten, schauerte ihr, was weiß er schon? Sie wagte sich kaum wieder empor in seinen Blick. Aber er sah ganz ernst auf sie nieder mit einer merkwürdigen Ruhe. „Was ist mit dir, Irene? Etwas geht in dir vor. Du bist ganz verwandelt seit ein paar Tagen, bist wie im Fieber, nervös, zerfahren und schreist um Hilfe aus dem Schlaf?"

Sie versuchte wieder zu lächeln. „Nein", beharrte er. „Du sollst mir nichts verschweigen. Hast du irgendeine Sorge oder quält dich etwas? Alle haben es schon bemerkt im Hause, wie du verwandelt bist. Du sollst Vertrauen zu mir haben, Irene."

Er rückte unmerklich an sie heran, sie fühlte, wie seine Finger ihren nackten Arm glätteten und schmeichelten, und in seinen Augen war ein seltsames Licht. Ein Verlangen überkam sie, jetzt sich an seinen festen Körper zu werfen, sich anzuklammern, alles zu gestehen und ihn nicht eher zu lassen, als bis er vergeben, jetzt in diesem Augenblick, da er sie leiden gesehen. Aber die Ampel brannte fahl, ihr Gesicht erhellend, und sie schämte sich. Sie fürchtete sich vor dem Wort.

„Sei nicht besorgt, Fritz", suchte sie zu lächeln, indes ihr Körper schauerte bis in die nackten Zehen. „Ich bin nur ein wenig nervös. Es wird schon vorübergehen."

Die Hand, die sie schon umschlungen hielt, zog sich rasch zurück. Sie schauerte, wie sie ihn jetzt ansah, bleich im gläsernen Licht, und die Stirn von den schweren Schatten finsterer Gedanken überwölbt. Langsam richtete er sich auf.

„Ich weiß nicht, mir war so, als hättest du mir etwas zu sagen all diese Tage schon. Etwas, was nur dich angeht und mich. Wir sind jetzt allein, Irene."

Sie lag und rührte sich nicht, gleichsam hypnotisiert von diesem ernsten und verschleierten Blick. Wie gut, fühlte sie, könnte jetzt alles werden, nur ein Wort brauchte sie zu sagen, ein kleines Wort:

Verzeihung, und er würde nicht fragen, wofür. Aber warum brannte das Licht, dieses laute, freche, horchende Licht? Im Dunkel hätte sie es zu sagen vermocht, das fühlte sie. Aber das Licht zerbrach ihre Kraft.

„Also wirklich nichts, gar nichts hast du mir zu sagen?"

Wie furchtbar die Verlockung, wie weich seine Stimme war! Nie hatte sie ihn so sprechen gehört. Aber das Licht, die Ampel, dieses gelbe, gierige Licht!

Sie gab sich einen Ruck. „Was fällt dir ein", lachte sie und erschrak schon vor dem Falsett der eigenen Stimme. „Weil ich nicht gut schlafe, sollte ich schon Geheimnisse haben? Am Ende gar Abenteuer?"

Sie schauerte selber, wie falsch, wie verlogen die Worte klangen, ihr graute bis in das innerste Mark vor sich selbst, und unwillkürlich wandte sie den Blick.

„Nun – schlaf gut." Kurz sagte er's jetzt, ganz scharf. Mit einer ganz anderen Stimme, wie eine Drohung oder wie einen bösen, gefährlichen Spott.

Dann löschte er das Licht. Sie sah seinen weißen Schatten bei der Tür verschwinden, lautlos, fahl, ein nächtiges Gespenst, und wie die Tür zufiel, war ihr, als schließe sich ein Sarg. Abgestorben fühlte sie alle Welt und hohl, nur innen in ihrem erstarrten Leib stieß das eigene Herz laut und wild gegen die Brust, Schmerz und Schmerz jeder Schlag.

Am nächsten Tage, als sie gemeinsam beim Mittagessen saßen – die Kinder hatten eben gestritten und konnten nur mit Mühe zur Ruhe verwiesen werden –, brachte das Dienstmädchen einen Brief. Für die gnädige Frau und man warte auf Antwort. Erstaunt betrachtete sie eine fremde Schrift und löste eilig das Kuvert, um schon bei der ersten Zeile jäh zu erblassen. Mit einem Ruck sprang sie auf und erschrak noch mehr, als sie an der einhelligen Verwunderung der anderen das Verräterisch-Unbedachte ihres Ungestüms erkannte. Der Brief war kurz. Drei Zeilen: „Bitte, geben Sie dem Überbringer dieses sofort hundert Kronen." Keine Unterschrift, kein Datum, in den sichtbar verstellten Schriftzügen, nur dieser grauenhaft eindringliche Befehl! Frau Irene lief in ihr Zimmer, um das Geld zu holen, doch sie hatte die Schlüssel zu ihrem Kasten verlegt, fieberhaft riss und rüttelte sie an allen ihren Laden, bis sie ihn endlich fand. Zitternd faltete sie die Banknote in ein Kuvert und übergab sie selbst an der Tür dem wartenden Dienstmann. Sie tat das alles ganz sinnlos, wie in einer Hypnose, ohne an die Möglichkeit eines Zögerns zu denken. Dann trat sie – kaum zwei Minuten war sie weggeblieben – wieder in das Zimmer zurück.

Alles schwieg. Sie setzte sich mit einem scheuen Unbehagen nieder und wollte eben irgendeine eilige Ausflucht suchen, als sie – und so zitterte ihre Hand, dass sie das erhobene Glas eilig niederstellen musste – in furchtbarstem Erschrecken bemerkte, dass sie, vom Blitzschlag der Erregung geblendet, den Brief offen neben ihrem Teller hatte liegen lassen. Eine kleine Bewegung nur, und ihr Mann hätte ihn zu sich herüberziehen können, ein Blick vielleicht konnte genügt haben, die groß und ungelenk geschriebenen Zeilen zu lesen. Das Wort versagte ihr. Mit einem verstohlenen Griff knitterte sie das Billett zusammen, aber jetzt, wie sie es einsteckte, begegnete sie, aufschauend, einem starken Blick ihres Mannes, einem bohrenden, strengen, schmerzhaften Blick, den sie früher nie an ihm gekannt hatte. Jetzt erst, seit einigen Tagen, gab er ihr mit dem Blick diese plötzlichen Stöße des Misstrauens, von denen sie ihr Innerstes erzittern fühlte und die zu parieren sie nicht verstand. Mit solch einem Blick hatte er nach ihren Gliedern damals beim Tanz gegriffen, es war der gleiche, der gestern nachts wie ein Messer über ihrem Schlaf gefunkelt hatte.

War es ein Wissen oder ein Wissenwollen, das ihn so schärfte, so blank, so stählern, so schmerzhaft machte? Und während sie noch nach einem Wort rang, überfiel sie eine längst vergessene Erinnerung, nämlich, dass ihr Mann einmal erzählt hatte, als Anwalt einem Untersuchungsrichter gegenübergestanden zu sein, dessen Kunstgriff es war, während des Verhörs mit gleichsam kurzsichtigen Blicken die Akten zu durchmustern, um dann bei der wirklich entscheidenden Frage blitzartig den Blick zu heben und wie einen Dolch in das jähe Erschrecken des Angeklagten zu stoßen, der dann bei diesem grellen Blitz konzentrierter Aufmerksamkeit die Fassung verlor und die sorgsam hochgehaltene Lüge kraftlos fallen ließ. Sollte er nun selbst sich in so gefährlicher Kunst versuchen und sie das Opfer sein? Sie schauderte, umso mehr als sie wusste, eine wie große psychologische Leidenschaft ihn weit über das Maß der juridischen Ansprüche an seinen Beruf fesselte. Aufspüren, Entfalten, Erpressen eines Verbrechens konnte ihn beschäftigen wie andere Hasardspiel oder Erotik, und in solchen Tagen psychologischer Spürjagd war sein Wesen gleichsam innerlich durchgluht. Eine brennende Nervosität, die ihn nachts oft vergessene Entscheidungen aufstöbern ließ, wurde nach außen zu einer stählernen Undurchdringlichkeit, er aß und trank wenig, rauchte nur unablässig, das Wort gleichsam aufsparend für die Stunde vor dem Gericht. Einmal hatte sie ihn dort gesehen bei einem Plädoyer und nicht ein zweites Mal mehr, so sehr war sie erschreckt gewesen von der finsteren Leidenschaft, der fast bösen Glut seiner Rede und einem dumpfen und herben Zug in seinem Gesicht, den sie nun mit einem Male in dem starren Blick unter den drohend gefalteten Brauen wiederzufinden meinte.

Alle diese verlorenen Erinnerungen drängten sich in dieser einen Sekunde zusammen und wehrten den Worten, die sich auf ihren Lippen immer bilden wollten. Sie schwieg und wurde in dem Maße verwirrter, je mehr sie spürte, wie gefährlich dieses Schweigen war, und wie sehr sie die letzte plausible Möglichkeit einer Erklärung versäumte. Die Augen wagte sie nicht mehr zu erheben, aber jetzt im Niederblicken erschrak sie noch mehr, als sie seine, des sonst so Ruhigen und Gemessenen Hände wie kleine wilde Tiere auf dem Tisch auf- und niederwandern sah. Zum Glück war das Mittagsmahl bald zu Ende, die Kinder sprangen auf und stürmten ins Nebenzimmer mit ihren hellen, heiteren Stimmen, deren Übermut die Gouvernante vergebens sich zu dämpfen bemühte: Auch ihr Mann erhob sich und ging schwer und ohne sich umzuschauen ins Nebenzimmer.

Kaum allein, holte sie den verhängnisvollen Brief wieder hervor: Einmal überflog sie noch die Zeilen: „Bitte, geben Sie dem Überbringer dieses sofort hundert Kronen.“ Dann riss ihre Wut ihn in Fetzen und ballte schon die Reste zusammen, um sie in den Papierkorb zu schleudern, da besann sie sich, hielt inne, beugte sich über den Kamin und warf das Papier in die aufzischende Glut. Die weiße Flamme, die mit aufspringender Gier die Drohung fraß, beruhigte sie.

In diesem Augenblick hörte sie den rückkehrenden Schritt ihres Mannes schon an der Tür. Rasch fuhr sie auf, das Gesicht rot vom Anhauch der Glut und der Ertappung. Die Tür des Ofens stand noch verräterisch offen, ungeschickt suchte sie mit ihrem Körper sie zu decken. Er trat an den Tisch, entflammte ein Streichholz für seine Zigarre, und, wie die Flamme nun nah seinem Gesicht war, glaubte sie ein Zittern um seine Nasenflügel flimmern zu sehen, das bei ihm immer Zorn verriet. Ruhig blickte er jetzt herüber: „Ich will dich nur aufmerksam machen, dass du nicht verpflichtet bist, mir deine Briefe zu zeigen. Wenn du es wünschst, Geheimnisse vor mir zu haben, so steht dir das vollkommen frei.“ Sie schwieg und wagte ihn nicht anzusehen. Er wartete einen Augenblick, dann stieß er den Dampf seiner Zigarre mit starkem Atem wie aus innerster Brust heraus und verließ mit schwerem Schritt das Zimmer.

Sie wollte nun an nichts mehr denken, nur mehr leben, sich betäuben, ihr Herz mit leeren und sinnlosen Beschäftigungen füllen. Das Haus ertrug sie nicht mehr, sie musste, das fühlte sie, auf die Straße, unter Menschen, um nicht wahnsinnig zu werden vor Grauen. Mit diesen hundert Kronen waren, so hoffte sie, wenigstens einige knappe Tage Freiheit von der Erpresserin erkauft, und sie beschloss, wieder einen Spaziergang zu wagen, umso mehr, als vielerlei zu besorgen und vor allem zu Hause das Auffällige ihres veränderten Benehmens zu verdecken war. Sie hatte jetzt schon eine bestimmte Art zu fliehen. Vom Haustor stürzte sie wie von einem Sprungbrett mit geschlossenen Augen in die Flut der Straße. Und einmal das harte Pflaster unter den Füßen, die warme Flut von Menschen um sich, stieß sie sich in einer nervösen Hast, so rasch eine Dame nur gehen durfte, ohne auffällig zu werden, blindlings nach vorwärts, die Augen starr auf den Boden geheftet, in der begreiflichen Furcht, wieder jenem gefährlichen Blick zu begegnen. War sie belauert, so wollte sie es wenigstens nicht wissen. Und doch spürte sie, dass sie an nichts anderes dachte, und schrak zusammen, wenn zufällig jemand an ihren Körper streifte. Ihre Nerven litten schmerzhaft unter jedem Laut, jedem Schritt, der nachkam, jedem Schatten, der vorbeistreifte; nur im Wagen oder fremden Haus konnte sie wahrhaft atmen.

Ein Herr grüßte sie. Aufschauend, erkannte sie einen Jugendfreund ihrer Familie, einen freundlichen, geschwätzigen Graubart, dem sie sonst gerne auswich, weil er die Art hatte, einen stundenlang mit seinen kleinen, vielleicht nur eingebildeten körperlichen Leiden zu belästigen. Aber jetzt war es ihr leid, den Gruß nur dankend erwidert und nicht seine Begleitung gesucht zu haben, denn ein Bekannter wäre doch Abwehr gegen eine unvermutete Ansprache jener Erpresserin gewesen. Sie zögerte und wollte noch nachträglich umkehren, da war ihr, als ob jemand von rückwärts rasch auf sie zuschritte, und instinktiv, ohne zu überlegen, stürmte sie weiter. Aber sie spürte im Rücken mit dem durch die Angst grausam geschärften Ahnungsgefühl eine gleichsam beschleunigte Annäherung und lief immer hastiger, obwohl sie wusste, der Verfolgung schließlich nicht entgehen zu können. Ihre Schultern begannen zu schauern im Vorgefühl der Hand, die sie nun – immer näher spürte sie den Schritt – im nächsten Augenblick berühren würde, und je mehr sie ihren Gang beschleunigen wollte, desto schwerer wurden ihre Knie. Ganz nahe spürte sie jetzt den Verfolger, und „Irene!“, rief jetzt eindringlich und doch leise von rückwärts eine Stimme, an die sie sich erst besinnen musste, die aber doch nicht die gefürchtete war, die grauenhafte

Botin des Unglücks. Aufatmend wandte sie sich herum: Es war ihr Geliebter, der bei dem plötzlichen Ruck, mit dem sie anhielt, fast an sie stürzte. Bleich, verwirrt war sein Gesicht mit allen Zeichen der Erregung und nun, unter ihrem fassungslosen Blick, schon der Beschämung. Unsicher hob er die Hand zum Gruß und ließ sie wieder sinken, als sie ihm die ihre nicht bot. Sie starrte ihn nur an, ein, zwei Sekunden, so unerwartet war er ihr. Gerade ihn hatte sie vergessen in all den Tagen der Angst. Jetzt aber, da sie sein bleiches und fragendes Gesicht von nah sah mit jenem Ausdruck ratloser Leerheit, die jedes ungewisse Gefühl immer in die Augen zeichnet, schäumte plötzlich die Wut in heißer Welle in ihr empor. Ihre Lippen zitterten nach einem Wort, und die Erregung in ihrem Antlitz war so sichtbar, dass er erschreckt nur ihren Namen stammelte: „Irene, was hast du?", und als er ihre ungeduldige Gebärde sah, schon ganz geduckt beifügte: „Was habe ich dir denn getan?"

Sie starrte ihn an mit schlecht bezähmter Wut. „Was Sie mir getan haben?", lachte sie höhnisch. „Nichts! Gar nichts! Nur Gutes! Nur Annehmlichkeiten."

Sein Blick war entgeistert, und sein Mund blieb halb offen vor Erstaunen, was das Einfältige und Lächerliche seines Aussehens noch vermehrte. „Aber Irene … Irene!" „Machen Sie kein Aufsehen da", herrschte sie ihn barsch an. „Und spielen Sie mir keine Komödien vor. Gewiss lauert sie wieder in der Nähe, Ihre saubere Freundin, und dann fällt sie mich wieder an …"

„Wer … wer denn?"

Am liebsten hätte sie ihn mit der Faust ins Gesicht geschlagen, in dieses läppisch-starre, verzerrte Gesicht. Sie spürte schon, wie ihre Hand den Schirm umkrallte. Nie hatte sie einen Menschen so verachtet, so gehasst.

„Aber Irene … Irene", stammelte er immer verwirrter. „Was habe ich dir denn getan? … Auf einmal bleibst du fort … Ich warte auf dich Tag und Nacht … Den ganzen Tag stehe ich heute schon vor deinem Haus und warte, dich eine Minute sprechen zu können."

„Du wartest … so … du auch." Sinnlos machte sie, das fühlte sie, die Wut. Ihm ins Gesicht schlagen können, wie wohl das täte! Aber sie hielt sich zusammen, sah ihn noch einmal an voll brennenden Ekels, gleichsam überlegend, ob sie ihm nicht den ganzen aufgestauten Zorn mit einer Beschimpfung ins Gesicht speien sollte, dann wandte sie sich plötzlich und drängte, ohne zurückzublicken, in das Menschengewirr hinein. Er blieb stehen mit seiner noch flehend ausgestreckten Hand, ratlos und durchschauert, bis das Geschiebe der Straße ihn fasste und fortschob wie die Strömung ein sinkendes Blatt, das taumelnd und kreisend sich wehrt und schließlich doch willenlos weggeschwemmt wird.

Dass dieser Mensch jemals ihr Geliebter gewesen war, kam ihr jetzt plötzlich ganz unwahr und sinnlos vor. An nichts konnte sie sich besinnen, nicht an die Farbe seiner Augen, die Form seines Gesichts, keine seiner Liebkosungen war ihr körperlich gewärtig, und von seinen Worten klang nichts in ihr nach als dieses jammernde, weibische, hündische „Aber, Irene!“ seiner stammelnden Verzweiflung. Nicht ein einziges Mal hatte sie in all den Tagen, so sehr er Ursprung alles Unheils war, an ihn gedacht, nicht einmal in ihren Träumen. Nichts war er für ihr Leben, keine Lockung und kaum eine Erinnerung. Unverständlich war ihr geworden, dass jemals ihre Lippen seinen Mund gefühlt haben sollten, und sie fühlte die Kraft zum Eide in sich, niemals ihm angehört zu haben. Was hatte sie in seine Arme getrieben, welcher fürchterliche Wahnsinn in ein Abenteuer gejagt, das ihr eigenes Herz nicht mehr verstand und kaum ihre Sinne? Nichts wusste sie mehr davon, fremd war ihr alles in diesem Geschehnis, fremd sie sich selber.

Aber war nicht auch alles andere anders geworden in diesen sechs Tagen, dieser einen Woche des Entsetzens? Wie Scheidewasser hatte die ätzende Angst ihr Leben zersetzt und seine Elemente gesondert. Die Dinge hatten mit einem Male anderes Gewicht, vertauscht waren alle Werte und die Beziehungen verwirrt. Ihr war, als hätte sie nur mit dämmrigem Gefühl, halb verschlossenen Blicks bisher durch ihr Leben getastet, und nun strahlte mit einem Male alles von innen in einer furchtbar schönen Klarheit. Ganz vor ihr, atemnah, standen Dinge, an die sie nie gerührt hatte und von denen sie mit einem Male begriff, dass sie ihr wahrhaftes Leben bedeuteten, und anderes wieder, was ihr wichtig geschienen, schwand hin wie Rauch. Sie hatte bislang in einer regen Geselligkeit gelebt, in jener lauten, gesprächigen Gemeinschaft der begüterten Kreise, und eigentlich nur für sie, aber nun, seit einer Woche im Kerker ihres eigenen Hauses, spürte sie keinen Mangel darin, sie zu entbehren, sondern nur Ekel vor dieser leeren Geschäftigkeit der Unbeschäftigten, und unwillkürlich maß sie an diesem ersten starken Gefühl, das ihr zuteil war, die Seichtigkeit ihrer bisherigen Neigungen und das unendliche Versäumnis an werktätiger Liebe. Wie in einen Abgrund sah sie in ihre Vergangenheit. Acht Jahre vermählt, war sie im Wahn eines zu bescheidenen Glückes nie ihrem Manne nähergetreten, fremd seinem innersten Wesen und nicht minder ihren eigenen Kindern. Zwischen ihr und ihnen standen bezahlte Menschen. Gouvernanten und Dienstboten, ihr all die kleinen Sorgen abzunehmen, von denen sie jetzt – seit sie näher in das Leben ihrer Kinder geblickt – erst zu ahnen begann, dass sie verlockender waren als die heißen Blicke der Männer und beseligender als eine Umarmung. Langsam bildete sich ihr Leben zu einem neuen Sinn um, alles gewann Beziehungen und wandte ihr plötzlich ein ernstbedeutsames Antlitz zu. Seit sie die Gefahr kannte und mit der Gefahr ein wahrhaftes Gefühl, begannen mit einem Male alle Dinge und auch die fremdesten ihr gemeinsam zu werden. In allem spürte sie sich, und die Welt, früher durchsichtig wie Glas, wurde an der dunklen Fläche ihres eigenen Schattens mit einem Male zum Spiegel. Wohin sie sah, wohin sie horchte, war plötzlich Wirklichkeit. Sie saß bei den Kindern. Das Fräulein las ihnen ein Märchen vor von der Prinzessin, die alle Kammern ihres Palastes beschauen durfte, nur die eine nicht, die mit silbernem Schlüssel verriegelt war und die sie doch öffnete zu ihrem Verhängnis. War das nicht ihr eigenes Schicksal, dass auch sie nur das Verbotene gereizt hatte und ins Unglück getrieben? Tiefe Weisheit schien ihr das kleine Märchen, das sie vor einer Woche noch als einfältig belächelt hätte. In der Zeitung stand die Geschichte eines Offiziers, der unter Erpressung zum Verräter geworden war. Sie schauerte und verstand. Würde denn sie nicht auch Unmögliches tun, um sich Geld zu schaffen, ein paar Tage Ruhe zu kaufen, einen Schein von Glück. Jede Zeile, die von Selbstmord sprach, jedes Verbrechen, jede Verzweiflung wurde ihr plötzlich zum Geschehnis. Alles sagte „ich“ zu ihr, der Lebensmüde, der Verzweifelte, das verführte Dienstmädchen und das verlassene Kind, alles war wie ihr eigenes Schicksal. Mit einem Male spürte sie den ganzen Reichtum des Lebens und wusste, dass nie eine Stunde in ihrem Schicksal mehr arm sein könnte, und jetzt, da sich alles zu Ende neigte, spürte sie erst einen Anbeginn. Und dieses wunderbare Verstricktsein mit der ganzen unendlichen Welt sollte diese eine verlotterte Weibsperson Macht haben mit ihren groben Fäusten zu zerreißen? Um dieser einen Schuld willen sollte all das Große und Schöne, dessen sie sich nun zum ersten Mal fähig fühlte, zertrümmert sein?

Und warum – sie wehrte sich blind gegen ein Verhängnis, das sie unbewusst sinnvoll glaubte –, warum gerade ihr so entsetzliche Strafe für geringfügiges Vergehen! Wie viele Frauen kannte sie, eitle, freche, wollüstige, die sich für Geld sogar Liebhaber hielten und in ihrem Arm den eigenen Mann verhöhnten, Frauen, die in der Lüge lebten wie im eigenen Haus, die schöner wurden in der Verstellung, stärker in der Verfolgung, klüger in der Gefahr, indes sie ohnmächtig zusammenbrach bei der ersten Angst, dem ersten Vergehen.

Aber war sie denn überhaupt schuldig? In ihrem Innersten fühlte sie, dass dieser Mensch, dieser Geliebte ihr fremd war, dass sie nichts von ihrem wirklichen Leben ihm jemals hingegeben. Nichts hatte sie empfangen von ihm, nichts von sich ihm geschenkt. All dies Vergangene und Vergessene war gar nicht ihr Verbrechen, sondern das einer anderen Frau, die sie selbst nicht verstand und an die sie sich nicht einmal mehr zurückerinnern konnte. Durfte man denn ein Vergehen strafen, das durch die Zeit schon entsühnt war?

Plötzlich erschrak sie. Sie fühlte, dass dies gar nicht mehr ihr eigener Gedanke war. Wer hatte das nur gesagt? Irgendjemand in ihrer Nähe, jüngst erst, vor wenigen Tagen. Sie dachte nach, und ihr Erschrecken wurde nicht geringer, als sie sich besann, dass es ihr eigener Mann war, der diesen Gedanken in ihr geweckt hatte. Er war von einem Prozess zurückgekommen, aufgeregt, bleich, und plötzlich sagte der sonst so Ungesprächige zu ihr und zufällig anwesenden Freunden: „Heute hat man einen Unschuldigen verurteilt.“ Von ihr und den anderen befragt, erzählte er noch ganz aus seiner Erregung, man habe soeben einen Dieb bestraft für eine Entwendung, die er vor drei Jahren begangen hätte, und für sein Empfinden zu Unrecht, denn nach drei Jahren sei doch das Verbrechen gar nicht mehr das seine. Man bestrafe einen anderen Menschen und strafe ihn überdies doppelt, weil er doch schon diese drei Jahre im Kerker seiner eigenen Angst, in der ewigen Unruhe der Überführung verbracht habe.

Mit Entsetzen entsann sie sich, ihm damals widersprochen zu haben. Ihrem lebensfremden Empfinden war der Verbrecher immer nur ein Schädling der bürgerlichen Behaglichkeit gewesen, der ausgerottet werden musste um jeden Preis. Nun erst spürte sie, wie jämmerlich ihre Argumente gewesen waren, wie gütig und gerecht die seinen. Aber würde er auch bei ihr verstehen können, dass sie nicht einen Menschen geliebt, sondern das Abenteuer? Dass er mitschuldig war durch zu viel Güte, durch die erschlaffende Behaglichkeit, die er um ihr Leben gebreitet? Würde er auch gerecht sein können als Richter seiner eigenen Sache?

Aber es war gesorgt dafür, dass sie sich freundlichen Hoffnungen nicht hingeben sollte. Schon am nächsten Tag kam wieder ein Zettel, wieder ein Peitschenhieb, der ihre ermattete Angst aufscheuchte. Diesmal waren zweihundert Kronen gefordert, die sie widerstandslos gab. Entsetzlich war ihr diese jähe Steigerung der

Erpressung, der sie sich auch materiell nicht gewachsen fühlte, denn obzwar aus vermögender Familie, war sie doch nicht in der Lage, sich unauffällig größere Summen zu beschaffen. Und dann, was half es? Sie wusste, morgen würden es vierhundert Kronen sein und bald tausend, immer mehr, je mehr sie gab, und dann schließlich, sobald ihre Mittel versagten, der anonyme Brief, der Zusammenbruch. Was sie kaufte, war nur Zeit, eine Atemspanne, zwei Tage Rast oder drei, eine Woche vielleicht, aber eine wie entsetzlich wertlose Zeit voll Qual und Spannung. Seit Wochen schlief sie jetzt unruhig mit Träumen, die ärger waren als das Wachsein, ihr fehlte die Luft, die freie Bewegung, die Ruhe, die Beschäftigung. Sie vermochte nicht mehr zu lesen, nichts mehr zu tun, dämonisch gejagt von ihrer inneren Angst. Sie fühlte sich krank. Manchmal musste sie sich plötzlich niedersetzen, so heftig überfiel sie das Herzklopfen, eine unruhige Schwere füllte mit dem zähen Saft einer fast schmerzhaften Müdigkeit alle Glieder, die aber dennoch dem Schlaf sich verwehrte. Unterhöhlt von der fressenden Angst war ihre ganze Existenz, vergiftet ihr Körper, und im Innersten sehnte sie sich eigentlich danach, dass dieses Kranksein doch endlich herausbrechen möge in einem sichtbaren Schmerz, einem wirklich fassbaren, sichtbaren klinischen Leiden, für das die Menschen doch Mitleid hatten und Erbarmen. Sie beneidete die Kranken in diesen Stunden unterirdischer Qual. Wie gut müsste es sein, in einem Sanatorium zu liegen, im weißen Bett zwischen weißen Wänden, umgeben von Bedauern und Blumen, Menschen würden kommen, alle gütig zu ihr sein, und hinter der Wolke des Leidens stünde schon fern wie eine große gütige Sonne die Genesung. Hatte man Schmerzen, so durfte man wenigstens laut schreien, sie aber musste unaufhörlich die tragische Komödie eines heiteren Gesundseins spielen, für die jeder Tag und beinahe jede Stunde ihr neue und furchtbare Situationen fand. Mit zuckenden Nerven musste sie lächeln und froh scheinen, ohne dass jemand die unendliche Anstrengung dieser vorgetäuschten Heiterkeit ahnte, die heroische Kraft, die sie verschwendete an solche tägliche und doch nutzlose Selbstvergewaltigung.

Nur einer von allen Menschen rings um sie schien, so dünkte es ihr, etwas zu ahnen von dem Furchtbaren, das in ihr vorging, und dieser nur, weil er sie belauerte. Sie spürte, und diese Sicherheit zwang sie zu doppelter Vorsicht, dass er sich unablässig mit ihr beschäftigte, so wie sie mit ihm. Sie umschlichen sich Tag und Nacht, gleichsam einander umkreisend, um einer des andern Geheimnis aufzuspähen und das eigene hinter dem Rücken zu bergen. Auch ihr Mann war anders geworden in der letzten Zeit. Die drohende

Strenge jener ersten inquisitorischen Tage war bei ihm einer eigenen Art von Güte und Besorgtheit gewichen, die sie unwillkürlich an ihre Brautzeit erinnerte. Wie eine Kranke behandelte er sie, mit einer Sorgsamkeit, die sie verwirrte, weil sie sich beschämt fühlte durch so unverdiente Liebe, und die sie anderseits doch fürchtete, weil sie doch auch eine List bedeuten könnte, um ihr jäh in unvermutetem Augenblick das Geheimnis aus den erschlafften Händen zu winden. Seit jener Nacht, da er sie im Schlafe belauscht, und jenem Tag, da er den Brief in ihren Händen erblickt, war sein Misstrauen wie in Mitleid verwandelt, er warb um ihr Vertrauen mit einer Zartheit, die sie manchmal beruhigte und schon nachgiebig stimmte, um in der nächsten Sekunde dem Argwohn wieder nachzugeben. War es nur eine List, die verführerische Lockung des Untersuchungsrichters für den Angeklagten, eine Fangbrücke des Vertrauens, die ihr Geständnis überschreiten sollte und die dann, plötzlich hochgezogen, sie wehrlos in seiner Willkür ließ? Oder war auch schon in ihm das Gefühl, dass dieser gesteigerte Zustand des Belauerns und Belauschens ein unerträglicher war, und seine Sympathie so stark, dass er heimlich mitlitt an ihrem täglich mehr sichtbaren Leiden? Sie spürte in einem merkwürdigen Schauer, wie er ihr manchmal das erlösende Wort gleichsam hinreichte, wie verlockend leicht er ihr das Geständnis machte; sie verstand seine Absicht und war seiner Güte dankbar froh. Aber sie empfand auch, dass mit dem regeren Gefühl der Neigung auch ihre Scham vor ihm wuchs und ihr strenger das Wort verwehrte als vordem ihr Misstrauen.

Einmal in diesen Tagen sprach er zu ihr ganz deutlich und Blick in Blick. Sie war nach Hause gekommen und hatte vom Vorzimmer laute Stimmen gehört, die ihres Mannes, scharf und energisch, das zänkische Geschwätz der Gouvernante und dazwischen Weinen und schluchzende Laute. Ihr erstes Gefühl war Erschrecken. Immer, wenn sie laute Stimmen hörte oder eine Erregung im Hause, schauerte sie zusammen. Angst war das Gefühl, das bei ihr auf alles antwortete, was außergewöhnlich war, die brennende Angst, der Brief sei schon gekommen, das Geheimnis enthüllt. Immer, wenn sie die Tür auftat, stürzte ihr erster fragender Blick sich auf die Gesichter und fragte sie ab, ob nichts in ihrer Abwesenheit geschehen sei, die Katastrophe nicht schon hereingebrochen, indes sie fern war. Diesmal war es nur Kinderzank, wie sie bald beruhigt erkannte, eine kleine improvisierte Gerichtsverhandlung. Eine Tante hatte vor wenigen Tagen dem Knaben ein Spielzeug, ein buntes Pferdchen, gebracht, was das jüngere Mädchen, das mindere Gaben erhalten, neidisch erbitterte. Vergeblich hatte sie ihr Recht geltend zu machen gesucht und so gierig, dass der Knabe ihr verweigerte, sein Spielzeug überhaupt zu berühren, was zuerst lauten Zorn des Kindes erregte und dann ein dumpfes, geducktes, hartnäckiges Schweigen. Aber am nächsten Morgen war das Pferdchen plötzlich verschwunden, spurlos, und alle Bemühungen des Knaben vergebens, bis man durch Zufall das Verlorene schließlich zerstückelt im Ofen entdeckte, die Holzteile zerbrochen, das bunte Fell abgerissen und das Innere ausgeweidet. Der Verdacht fiel selbstverständlich auf das kleine Mädchen; weinend war der Bub zum Vater gestürzt, die Boshafte zu verklagen, die einer Rechtfertigung nicht ausweichen konnte, und eben begann das Verhör.

Irene fühlte einen jähen Neid. Warum kamen die Kinder mit all ihren Sorgen immer zu ihm und niemals zu ihr? Von je vertrauten sie alle ihre Streitigkeiten und Klagen immer ihrem Manne an; bisher war ihr's lieb gewesen, von diesen kleinen Plackereien befreit zu sein, aber auf einmal geizte sie danach, weil sie darin die Liebe fühlte und Vertrauen.

Die kleine Gerichtsverhandlung war bald entschieden. Das Kind leugnete zuerst, freilich mit scheu gesenkten Augen und einem verräterischen Zittern in der Stimme. Die Gouvernante zeugte gegen sie, sie hatte gehört, wie das kleine Mädchen im Zorn gedroht hatte, das Pferdchen zum Fenster hinunterzuwerfen, was das Kind vergeblich abzuleugnen sich bemühte. Es gab einen kleinen Tumult von Schluchzen und Verzweiflung. Irene blickte auf ihren Mann; ihr war es, als säße er zu Gericht nicht über das Kind, sondern schon über ihr eigenes Schicksal, denn so würde sie vielleicht morgen schon ihm gegenüberstehen, mit dem gleichen Zittern und demselben Sprung in der Stimme. Ihr Mann blickte zuerst streng, solange das Kind bei der Lüge beharrte, zwang dann Wort für Wort den Widerstand nieder, ohne je bei einer Weigerung in Zorn zu geraten. Dann aber, als sich das Leugnen in eine dumpfe Verstocktheit löste, sprach er ihr gütig zu, bewies geradezu die innere Notwendigkeit der Handlung und entschuldigte gewissermaßen, dass sie im ersten unbedachten Zorn etwas so Abscheuliches getan habe, damit, dass sie dabei nicht besonnen habe, es würde ihren Bruder tatsächlich kränken. Und so warm und eindringlich erläuterte er dem immer unsicherer werdenden Kinde die eigene Tat als etwas Begreifliches, aber doch Verurteilenswertes, dass es endlich in Tränen ausbrach und wild zu heulen begann. Und bald, gedeckt vom Schwall der Tränen, stammelte es endlich das gestehende Wort.

Irene stürzte hin, die Weinende zu umarmen, aber die Kleine stieß sie weg im Zorn. Auch ihr Mann verwies ihr mahnend dies voreilige Mitleid, denn er wollte das Vergehen doch nicht straflos hingehen lassen, und verhängte die zwar geringfügige, für das Kind aber empfindliche Strafe, am nächsten Tage nicht zu einer Veranstaltung gehen zu dürfen, auf die sich das Mädchen seit Wochen gefreut hatte. Heulend hörte das Kind sein Urteil; der Knabe begann laut zu triumphieren, aber dieser frühzeitige und gehässige Hohn verwickelte ihn augenblicklich gleichfalls in die Strafe, und auch ihm wurde für seine Schadenfreude die Erlaubnis, jenes Kinderfest zu besuchen, entzogen. Traurig, und nur getröstet durch die Gemeinsamkeit ihrer Bestrafung, zogen die beiden schließlich ab, und Irene blieb allein mit ihrem Mann.

Jetzt, fühlte sie plötzlich, war endlich Gelegenheit, statt der Anspielungen hinter der Maske eines Gespräches über die Schuld des Kindes und sein Geständnis von ihrer eigenen zu sprechen, und irgendein Gefühl der Erleichterung überkam sie, wenigstens in verhüllter Form die Beichte ablegen und um Mitleid bitten zu dürfen. Denn wie ein Zeichen war es ihr, ob er ihre Fürsprache für das Kind nun gütig aufnahm, und sie wusste, dann würde sie vielleicht wagen können, für sich selbst zu sprechen.

„Sag, Fritz“, begann sie, „willst du wirklich die Kinder morgen nicht gehen lassen? Sie werden ganz unglücklich sein, besonders die Kleine. So arg war es ja gar nicht, was sie angestellt hat. Warum willst du sie so streng bestrafen? Tut sie dir gar nicht leid, die Kleine?“

Er sah sie an. Dann setzte er sich gemächlich. Er schien sichtlich willig, das Thema ausführlicher zu erörtern, und ein Vorgefühl, angenehm und ängstlich zugleich, ließ sie vermuten, er würde Wort für Wort gegen sie münzen; alles in ihr wartete die Pause zu Ende, die er, wohl mit Absicht oder in angestrengtem Überlegen, besonders dehnte.

„Ob es mir nicht leid tut, fragst du? Darauf sage ich: heute nicht mehr. Ihr ist jetzt leicht, seit sie bestraft ist, ob’s ihr auch bitter scheint. Unglücklich war sie gestern, als das arme Pferdchen zerbrochen im Ofen steckte, alles im Hause danach suchte und sie tagaus, tagein die Angst hatte, man würde, man müsse es entdecken. Die Angst ist ärger als die Strafe, denn die ist ja etwas Bestimmtes und, viel oder wenig, immer mehr als das entsetzlich Unbestimmte, dies Grauenhaft-Unendliche der Spannung. Sobald sie ihre Strafe wusste, war ihr leicht. Das Weinen darf dich ja nicht irremachen: Es ist nur jetzt herausgefahren, und früher stak es drinnen. Und innen tut’s ärger als draußen. Wär sie nicht ein Kind oder könnte man irgendwie ganz in ihr Letztes schauen, ich glaube, man würde finden, dass sie eigentlich froh ist trotz der Bestrafung und der Tränen und sicher froher als gestern, wo sie anscheinend sorglos herumging und niemand sie verdächtigte."

Sie sah auf. Ihr war so, als zielte er jedes Wort gegen sie. Aber er schien sie gar nicht zu beachten, sondern fuhr, ihre Bewegung vielleicht missdeutend, entschiedener fort: „Es ist wirklich so, du kannst es mir glauben. Ich kenne das vom Gericht und aus den Untersuchungen. Die Angeklagten leiden am meisten unter den Verheimlichungen, unter der Drohung der Entdeckung, unter dem grauenvollen Zwang, eine Lüge gegen tausend kleine versteckte Angriffe verteidigen zu müssen. Es ist furchtbar, so einen Fall zu sehen, wo der Richter schon alles in Händen hat, die Schuld, den Beweis, vielleicht sogar das Urteil bereits, und nur das Geständnis noch nicht, das steckt innen im Angeklagten und will nicht heraus, so sehr er auch zieht und zerrt. Entsetzlich ist das zu sehen, wie der Angeklagte sich windet und krümmt, weil man ihm sein ‚Ja' wie mit einem Haken aus dem widerstrebenden Fleisch reißen muss. Manchmal sitzt es schon ganz oben in der Kehle, von innen drängt's eine unwiderstehliche Macht nach oben, sie würgen daran, beinahe ist es schon Wort: Da kommt die böse Gewalt über sie, jenes unbegreifliche Gefühl von Trotz und Angst, und sie schlucken es wieder hinab. Und der Kampf beginnt von Neuem. Die Richter leiden manchmal mehr dabei als die Opfer. Und dabei betrachten die Angeklagten ihn immer als den Feind, der in Wahrheit ihr Helfer ist. Und ich als ihr Anwalt, als Verteidiger, sollte ja eigentlich meine Klienten warnen, zu gestehen, ihre Lügen festigen und stärken, aber innerlich wage ich es oft nicht, denn sie leiden mehr am Nichtgestehen als am Geständnis und seiner Bestrafung. Ich verstehe das eigentlich noch immer nicht, dass man eine Tat tun kann, mit Bewusstsein der Gefahr, und dann nicht den Mut zum Geständnis haben. Diese kleine Angst vor dem Wort finde ich kläglicher als jedes Verbrechen."

„Meinst du ... dass es immer ... immer nur Angst ist ... die die Menschen hindert? Könnte es nicht ... könnte es nicht Scham sein ... die Scham, sich auszusprechen ... sich auszukleiden vor all den Menschen?"

Verwundert blickte er auf. Er war sonst nicht gewohnt, von ihr Antwort zu empfangen. Aber das Wort faszinierte ihn.

„Scham, sagst du ... das ... das ist ja auch nur eine Angst ... aber eine bessere ... eine, nicht vor der Strafe, sondern ... ja, ich verstehe ..."

Er war aufgestanden, merkwürdig erregt, und ging auf und ab. Der Gedanke schien in ihm irgendetwas getroffen zu haben, das jetzt aufzuckte und sich stürmisch regte. Plötzlich blieb er stehen.

„Ich gebe zu … Scham vor den Menschen, vor den Fremden … vor dem Pöbel, der aus der Zeitung fremdes Schicksal frisst wie ein Butterbrot … Aber deshalb könnte man doch sich wenigstens jenen bekennen, denen man nahesteht … Du erinnerst dich an jenen Brandstifter, den ich im vergangenen Jahr verteidigte … der zu mir eine so merkwürdige Zuneigung gefasst hatte … er erzählte mir alles, kleine Geschichten aus seiner Kindheit … sogar von intimeren Dingen … Siehst du, der hatte die Tat bestimmt begangen, er ist auch verurteilt worden … aber auch mir hatte er sie nicht eingestanden … das war eben die Angst, ich könnte ihn verraten … nicht die Scham, denn mir vertraute er ja … ich war, glaube ich, der Einzige, zu dem er im Leben so etwas wie Freundlichkeit empfunden hatte … da war es also doch nicht Scham vor den Fremden … was war es da, wo er doch vertrauen konnte?"

„Vielleicht" – sie musste sich abwenden, weil er sie so ansah und sie ihre Stimme zittern spürte – „vielleicht … ist die Scham am größten … denen gegenüber, denen man sich … am nächsten fühlt."

Er blieb plötzlich stehen, wie gepackt von einer innerlichen Gewalt.

„Du meinst also … du meinst …" – und mit einem Male wurde seine Stimme anders, ganz weich und dunkel – „du meinst … dass Helene … jemand anderem ihre Schuld leichter gestanden hätte … der Gouvernante vielleicht … dass sie …"

„Ich bin überzeugt davon … sie hat gerade dir so viel Widerstand nur entgegengesetzt … weil … weil dein Urteil das wichtigste ist … weil … weil … sie … dich am meisten liebt …"

Wieder blieb er stehen.

„Du … du hast vielleicht recht … ja sogar bestimmt … das ist doch seltsam … gerade daran habe ich nie gedacht … es ist doch so einfach … Ich war vielleicht zu streng, du kennst mich ja … ich meine es nicht so. Aber ich gehe jetzt gleich hinein … sie darf natürlich hin … ich wollte ja nur ihren Trotz bestrafen, ihren Widerstand und dass … dass sie kein Vertrauen hatte zu mir … Aber du hast recht, ich will nicht, dass du glaubst, ich könnte nicht verzeihen … das möchte ich nicht … gerade von dir möchte ich das nicht, Irene …"

Er sah sie an, und sie spürte, wie sie errötete unter seinem Blick. War das Absicht, dass er so sprach, oder ein Zufall, ein tückischer, gefährlicher Zufall? Noch immer fühlte sie die entsetzliche Unentschlossenheit.

„Das Urteil ist kassiert" – irgendeine Heiterkeit schien jetzt über ihn zu kommen – „Helene ist frei, und ich gehe, es ihr selbst anzukündigen. Bist du jetzt zufrieden mit mir? Oder hast du noch einen Wunsch? ... Du ... du siehst ... du siehst, ich bin in generöser Laune heute ... vielleicht weil ich froh bin, ein Unrecht rechtzeitig einbekannt zu haben. Das schafft immer eine Erleichterung, Irene, immer ...“

Sie glaubte zu verstehen, was diese Betonung meinte. Unwillkürlich trat sie ihm näher, schon fühlte sie das Wort in sich aufquellen, und auch er trat vor, als wollte er ihr eilig aus den Händen nehmen, was sie so sichtlich bedrückte. Da traf sie sein Blick, in dem eine Gier war, nach dem Geständnis, nach irgendetwas von ihrem Wesen, eine glühende Ungeduld, und plötzlich brach alles in ihr zusammen. Müde fiel ihre Hand, und sie wandte sich ab. Es war vergeblich, fühlte sie, nie würde sie es aussprechen können, das eine befreiende Wort, das innen brannte und ihre Ruhe verzehrte. Wie naher Donner rollte die Warnung, aber sie wusste, dass sie nicht entfliehen konnte. Und im geheimsten Wunsch ersehnte sie schon, was sie bislang gefürchtet, den erlösenden Blitz: die Entdeckung.

Rascher, als sie ahnte, schien ihr Wunsch sich erfüllen zu wollen. Vierzehn Tage währte jetzt der Kampf, und Irene fühlte sich am Ende ihrer Kraft. Nun waren es schon vier Tage, dass die Person sich nicht gemeldet hatte, und so in den Körper gedrungen, so eins mit dem Blute war schon die Angst, dass sie bei jedem Klingeln an der Tür immer jäh aufschoss, um selbst eine erpresserische Botschaft rechtzeitig abzufangen. Eine Ungeduld, beinahe eine Sehnsucht, war in dieser Gier, denn mit jeder dieser Bezahlungen kaufte sie ja einen Abend Beruhigung, ein paar Stunden mit den Kindern, einen Spaziergang. Für einen Abend, einen Tag konnte sie dann aufatmen, auf der Straße gehen und zu Freunden; freilich, der Schlaf war weise, er ließ sich sein sicheres Wissen um die beständig nahe Gefahr nicht von so kärglichem Trost betrügerisch nehmen und füllte ihr Blut nachts mit zehrenden Angstträumen.

Ungestüm war sie wiederum bei dem Klingelruf hinausgeeilt, die Tür zu öffnen, so sehr ihr auch bewusst sein musste, diese Unruhe, den Dienstboten zuvorzukommen, müsste Verdacht erwecken und leicht zu feindlichen Vermutungen verlocken. Aber wie schwach wurden diese kleinen Widerstände des besonnenen Überlegens, wenn beim Telefonsignal, einem Schritt auf der Straße hinter ihr her oder dem Ruf der Türglocke ihr ganzer Körper gleichsam aufschnellte wie von einem Peitschenschlag. Wieder hatte sie ein Klingelzeichen aus dem Zimmer und hin zur Tür gerissen; sie öffnete, um im ersten Augenblick eine fremde Dame verwundert anzusehen und dann, entsetzt zurückfahrend, in der neuen Ausstaffierung und unter einem eleganten Hut das verhasste Gesicht der Erpresserin zu erkennen.

„Ach, Sie sind es selbst, Frau Wagner, das ist mir angenehm. Ich hab Sie wichtig zu sprechen." Und ohne eine Antwort der Erschrockenen abzuwarten, die sich mit zitternder Hand auf die Türklinke stützte, trat sie ein, legte den Schirm ab, einen grellen, roten Sonnenschirm, offenbar schon eine erste Verwertung ihrer erpresserischen Raubzüge. Sie bewegte sich mit einer ungeheuren Sicherheit, als ob sie in ihrer eigenen Wohnung wäre und, wohlgefällig und gleichsam mit dem Gefühl einer Beruhigung die stattliche Einrichtung betrachtend, schritt sie unaufgefordert weiter gegen die halb offene Tür zum Empfangszimmer. „Nicht wahr, hier hinein?", fragte sie mit einem verhaltenen Hohn, und als die Erschreckte, des Wortes noch immer nicht mächtig, ihr abwehren wollte, fügte sie beruhigend bei: „Wir können es ja rasch erledigen, wenn es Ihnen unangenehm ist."

Frau Irene folgte ihr ohne Widerrede. Der Gedanke, die Erpresserin in ihrer eigenen Wohnung zu wissen, diese Verwegenheit, die ihre entsetzlichsten Vermutungen übertraf, betäubte sie. Ihr war, als träumte sie dies alles.

„Schön haben Sie's hier, sehr schön", bewunderte mit sichtlicher Behaglichkeit die Person, während sie sich niederließ. „Ah, wie gut sich's da sitzt. Und die vielen Bilder. Da sieht man's erst, wie armselig es unsereiner hat. Sehr schön haben Sie's, sehr schön, Frau Wagner."

Da, wie sie diese Verbrecherin in ihren eigenen Räumen so behaglich sah, brach endlich die Wut in der Gemarterten auf. „Was wollen Sie denn, Sie Erpresserin! Bis in meine Wohnung verfolgen Sie mich. Aber ich werde mich nicht zu Tode quälen lassen von Ihnen. Ich werde ...!"

„Sprechen Sie doch nicht so laut", unterbrach die andere mit einer beleidigenden Vertraulichkeit. „Die Tür ist ja offen, und die Dienstboten könnten Sie hören. Mir liegt doch nicht viel daran. Ich leugne ja nichts, mein Gott, und schließlich im Gefängnis kann's mir doch auch nicht schlechter gehn wie jetzt, bei dem elenden Leben. Aber Sie, Frau Wagner, sollten etwas vorsichtiger sein. Ich will vor allem einmal die Tür zumachen, wenn Sie's für nötig befinden, sich zu ereifern. Aber das sag ich Ihnen gleich, dass Beschimpfungen auf mich keinen Eindruck machen."

Frau Irenens Kraft, für einen Augenblick durch den Zorn gestählt, sank wieder ohnmächtig zusammen vor der Unerschütterlichkeit dieser Person. Wie ein Kind, das wartet, welche Aufgabe ihm diktiert wird, stand sie da, demütig beinahe und unruhig.

„Also, Frau Wagner, ich will keine langen Umstände machen. Mir geht's nicht gut, das wissen Sie. Das hab ich Ihnen schon gesagt. Und jetzt brauch ich Geld auf den Zins. Ich bin ihn schon so lang schuldig, und noch auf andere Sachen. Ich möcht endlich einmal ein bisschen in Ordnung kommen. Deshalb bin ich zu Ihnen gekommen, dass Sie mir da halt aushelfen mit – na, mit halt vierhundert Kronen." „Ich kann nicht", stammelte Frau Irene, von der Summe erschrocken, die sie tatsächlich nicht mehr in Barem besaß. „Ich hab's jetzt wirklich nicht. Dreihundert Kronen hab ich Ihnen schon gegeben in diesem Monat. Woher soll ich's denn nehmen?"

„Na, es wird schon geh'n, denken Sie nur nach. Eine so reiche Frau wie Sie kann doch Geld haben, so viel sie will. Aber wollen muss sie halt. Also denken S' nur nach, Frau Wagner, es wird schon geh'n."

„Aber ich hab es wirklich nicht. Ich möchte es Ihnen ja gern geben. Aber so viel hab ich wirklich nicht. Ich könnte Ihnen etwas geben ... hundert Kronen vielleicht ..." „Vierhundert Kronen, hab ich gesagt, brauch ich." Wie beleidigt durch die Zumutung warf sie schroff die Worte hin.

„Aber ich habe sie nicht!", schrie Irene verzweifelt. Wenn jetzt ihr Mann käme, dachte sie zwischendurch, jeden Augenblick konnte er kommen. „Ich schwöre es Ihnen, ich habe sie nicht ..."

„Dann suchen Sie sich's zu verschaffen ..."

„Ich kann nicht."

Die Person sah sie an, von oben bis unten, als wollte sie sie abschätzen. „Na ... zum Beispiel der Ring da ... Wenn man den versetzte, dann würde es gleich gehn. Ich kenn mich freilich mit Schmuck nicht so aus ... ich hab ja nie einen gehabt ... aber vierhundert Kronen, glaube ich, kriegt man schon dafür ..."

„Den Ring!", schrie Frau Irene auf. Es war ihr Verlobungsring, der einzige, den sie nie ablegte und dem ein sehr kostbarer und schöner Stein hohen Wert gab.

„Na, warum denn nicht? Ich schick Ihnen den Versatzschein, da können S' ihn einlösen, wann Sie wollen. Sie krieg'n ihn ja wieder zurück. Ich werd ihn nicht behalten. Was macht denn so eine arme Person wie ich mit einem so nobeln Ring?"

„Warum verfolgen Sie mich? Warum quälen Sie mich? Ich kann nicht ... ich kann nicht. Das müssen Sie doch begreifen ... Sie sehen, ich habe getan, was ich kann. Das müssen Sie doch begreifen. Haben Sie doch Mitleid!"

„Mit mir hat auch keiner Mitleid gehabt. Mich haben sie beinahe krepieren lassen vor Hunger. Warum soll gerade ich Mitleid haben mit einer so reichen Frau?"

Irene wollte eben heftig erwidern. Da hörte sie – und ihr Blut stockte – außen eine Tür ins Schloss fallen. Das musste ihr Mann sein, der von seinem Büro zurückkehrte. Ohne erst zu überlegen, riss sie sich den Ring vom Finger und streckte ihn der Wartenden hin, die ihn eilig verschwinden ließ.

„Haben Sie keine Angst. Ich geh schon weg", nickte die Person, als sie die namenlose Angst in dem Gesichte gewahrte und das gespannte Lauschen gegen das Vorzimmer, wo ein Männerschritt deutlich vernehmbar war. Sie öffnete die Tür, grüßte Irenens eintretenden Gemahl, der für einen Augenblick zu ihr aufsah und sie nicht sonderlich zu beachten schien, und verschwand.

„Eine Dame, die um eine Auskunft kam", sagte Irene mit letzter Kraft zur Erklärung, sobald die Tür hinter der Person ins Schloss gefallen war. Die ärgste Sekunde war überstanden. Ihr Mann erwiderte nichts und trat ruhig in das Zimmer, wo der Mittagstisch bereits gedeckt war.

Irene war, als brenne die Luft auf jene Stelle an ihrem Finger, die sonst der kühle Reif des Ringes schützte, und als müsste jeder auf die nackte Stelle wie auf ein Brandmal blicken. Immer wieder versteckte sie während des Speisens die Hand, und indes sie's tat, höhnte sie eine merkwürdige Überreizung des Gefühls, ein Blick ihres Mannes streife unablässig gegen ihre Hand und verfolge sie auf all ihren Wanderungen. Mit aller Kraft bemühte sie sich, seine Aufmerksamkeit abzulenken und mit unablässigen Fragen ein Gespräch in Fluss zu bringen. Sie sprach und sprach zu ihm, zu den Kindern, zu der Gouvernante, immer wieder entzündete sie mit den kleinen Flammen der Frage das Gespräch, aber immer versagte ihr der Atem, und immer brach es wieder erstickt in sich zusammen. Sie versuchte übermütig zu scheinen und auch die andern zu einer Fröhlichkeit zu verleiten, sie neckte die Kinder und stachelte sie gegeneinander auf, aber sie stritten nicht und sie lachten nicht: Es musste, so spürte sie selbst, in ihrer Heiterkeit etwas Falsches sein, das die andern unbewusst befremdete. Je mehr sie sich anspannte, desto weniger gelang der Versuch. Schließlich wurde sie müde und schwieg.

Auch die andern schwiegen; sie hörte nur das leise Klirren der Teller und innen die quellenden Stimmen der Angst. Da, mit einem Male sagte ihr Mann: „Wo hast du denn heute deinen Ring?"

Sie zuckte zusammen. Innen sagte etwas ganz laut ein Wort: Vorbei! Aber noch wehrte sich ihr Instinkt. Jetzt alle Kraft zusammenhalten, fühlte sie. Nur für einen Satz noch, für ein Wort. Nur eine Lüge noch finden, eine letzte Lüge.

„Ich … ich hab ihn zum Putzen gegeben."

Und gleichsam erstarkt an der Unwahrheit, fügte sie nun entschlossen bei: „Übermorgen hol ich mir ihn ab." Übermorgen. Jetzt war sie gebunden, die Lüge musste zerbrechen und sie mit, wenn es ihr nicht gelang. Jetzt hatte sie sich selbst die Frist gestellt, und all die wirre Angst durchdrang jetzt mit einem Male ein neues Gefühl, eine Art Glück, die Entscheidung so nahe zu wissen. Übermorgen: Nun wusste sie ihre Frist und fühlte aus dieser Gewissheit eine merkwürdige Ruhe in ihre Angst überströmen. Innen wuchs etwas auf, eine neue Kraft, Kraft zum Leben und die Kraft zu sterben.

Das endlich gesicherte Bewusstsein der nahen Entscheidung begann eine unerwartete Klarheit in ihr zu verbreiten. Die Nervosität wich wunderbar einer geordneten Überlegung, die Angst einem ihr selbst fremden Gefühl kristallener Ruhe, dank der sie alle ihre Dinge ihres Lebens plötzlich durchsichtig und in ihrem wahrhaften Wert sah. Sie maß ihr Leben und spürte, es wog noch immer schwer, durfte sie es behalten und steigern in dem neuen und erhöhten Sinne, den diese Tage der Angst sie gelehrt hatten, konnte sie es noch einmal rein und sicher, ohne Lügen beginnen, sie fühlte sich bereit. Aber als geschiedene Frau, Ehebrecherin, befleckt vom Skandal, hinzuleben, dazu war sie zu müde, und zu müde auch, weiter dies gefährliche Spiel einer erkauften und auf Frist gewährten Beruhigung fortzusetzen. Widerstand war, das fühlte sie, jetzt nicht mehr denkbar, das Ende schon nahe, Verrat drohte von ihrem Mann, ihren Kindern, von allem, das sie umgab, und von ihr selbst. Flucht war unmöglich vor einem Gegner, der allgegenwärtig schien. Und das Bekenntnis, die sichere Hilfe, blieb ihr verwehrt, das wusste sie nun. Ein einziger Weg war noch frei, aber von dem gab es keine Wiederkehr.

Noch lockte das Leben. Es war einer jener elementaren Frühlingstage, wie sie manchmal aus dem verschlossenen Schoß des Winters stürmisch hervorbrechen, ein Tag mit unendlich erblautem Himmel, dessen erhobene Weite man wie Aufatmen nach all den umdüsterten Winterstunden zu fühlen meinte.

Die Kinder stürmten herein in hellen Kleidern, die sie zum ersten Mal in diesem Jahre trugen, und sie musste sich bezwingen, ihren aufstürmenden Jubel nicht mit Tränen zu erwidern. Sobald das Lachen der Kinder mit seinem schmerzlichen Nachhall in ihr verklungen war, machte sie sich daran, ihre eigenen Beschlüsse entschlossen auszuführen. Zunächst wollte sie versuchen, sich wieder in den Besitz des Ringes zu setzen, denn wie immer sich jetzt ihr Schicksal entschiede, sollte kein Verdacht auf ihre Erinnerung fallen, niemand einen sichtlichen Beweis ihrer Schuld besitzen. Niemand, und vor allem die Kinder nicht, sollten jemals das furchtbare Geheimnis ahnen, das sie ihnen entrissen hatte; ein Zufall müsste es scheinen, den keiner zu verantworten hatte.

Sie ging zunächst in eine Leihanstalt, dort ein ererbtes Schmuckstück, das sie fast niemals trug, zu versetzen, und sich so mit genug Geld zu versehen, um der Person eventuell den verräterischen Ring wieder abkaufen zu können. Gesicherter im Gefühl, sobald sie die bare Summe in der Tasche hatte, promenierte sie dann weiter aufs Geratewohl, im Innersten das ersehnend, was sie bis gestern am meisten gefürchtet hatte: der Erpresserin zu begegnen. Die Luft war lind und ein Geleucht von Sonne über den Häusern. Etwas von der ungestümen Bewegung des Windes, der weiße Wolken eilig über den Himmel jagte, schien in den Rhythmus der Menschen eingedrungen zu sein, die leichter und beschwingter ausschritten als bisher in all den trostlosen winterdämmerigen Tagen. Und sie selbst vermeinte, etwas davon in sich zu fühlen. Der Gedanke des Sterbens, gestern wie im Flug gefasst und nicht mehr aus der zitternden Hand gelassen, wuchs plötzlich zur Ungeheuerlichkeit, entsank ihren Sinnen. Sollte es denn möglich sein, dass ein Wort irgendeines widrigen Weibes all dies zerstören könnte, die Häuser da mit den blinkenden Fassaden, die sausenden Wagen, die lachenden Menschen und innen dies rauschende Gefühl von Blut? Sollte ein Wort die unendliche Flamme verlöschen können, mit der die ganze Welt auf loderte in ihrem atmenden Herzen? Sie ging und ging, aber nicht mehr mit gesenktem Blick, sondern offen spürend und beinahe voll Gier, endlich die Langgesuchte zu entdecken. Das Opfer suchte jetzt den Jäger, und wie das gehetzte schwächere Tier, wenn es fühlt, dass ein Entrinnen nicht mehr möglich ist, sich mit dem Entschluss der Verzweiflung plötzlich wendet und dem Verfolger kampfbereit entgegenstellt, so verlangte sie es jetzt, der Peinigerin sich Antlitz in Antlitz zu stellen und mit jener letzten Kraft zu ringen, die der Trieb des Lebens den Verzweifelten verleiht. Mit Absicht blieb sie in der Nähe der Wohnung, wo sonst die Erpresserin sie zu belauern pflegte, einmal eilte sie sogar über die Straße, weil in der Tracht irgendeine Frauensperson an die Gesuchte erinnerte. Es war längst nicht mehr der Ring, um den sie kämpfte und der ja doch nur Aufschub bedeutete und nicht Befreiung, sondern wie ein Zeichen des Schicksals ersehnte sie diese Begegnung, als Entscheidung über Leben und Tod von höherer Macht, aus ihrem eigenen Entschlusse gefällt, schien ihr sein Wiederbesitz. Aber nirgends war die Person zu erspähen. Wie eine Ratte im Loch war sie verschwunden im unendlichen Gewirr der Riesenstadt. Enttäuscht, aber noch nicht hoffnungslos kehrte sie mittags zurück, um sogleich nach dem Mittagsmahle die vergebliche Suche wieder zu beginnen. Neuerdings streifte sie die Straßen ab, und jetzt, da sie sie nirgends fand, wuchs wieder das fast entwöhnte Grauen in ihr empor. Nicht die Person war es mehr, nicht der Ring, der sie beunruhigte, sondern das grauenhafte Geheimnisvolle in all diesen Begegnungen, das mit der Vernunft nicht mehr voll zu begreifen war. Diese Person hatte wie durch Magie ihren Namen erfahren und ihre Wohnung, sie wusste all ihre Stunden und häuslichen Verhältnisse, sie war immer im schreckhaftesten und gefährlichsten Momente gekommen, um nun im erwünschtesten mit einem Male verschwunden zu sein. Irgendwo musste sie sein in dem riesigen Getriebe, nah, wenn sie wollte, und doch unerreichbar, sobald man sie begehrte, und dies Gestaltlose der Drohung, das unfassbare Nahe der Erpresserin, hart an ihrem Leben und doch nicht zu fassen, lieferte die schon Ermattete machtlos an die immer mehr mystische Angst. Es war, als hätten sich höhere Kräfte zu ihrem Untergang teuflisch verschworen, eine solche Verhöhnung ihrer Schwäche war in diesem übermächtigen Gewirr feindlicher Zufälle. Nervös schon, mit einem fiebernden Schritt, lief sie immer noch dieselbe Straße auf und nieder. Wie eine Dirne, dachte sie selbst. Aber die Person blieb unsichtbar. Nur das Dunkel kam jetzt drohend herabgeglitten, der frühe Frühlingsabend löste die helle Farbe des Himmels in schmutzige Trübe, und eilig brach die Nacht herein. Lichter entflammten sich in den Straßen, der Strom der Menschen flutete rascher in die Häuser zurück, das ganze Leben schien in dunkler Strömung zu entschwinden. Ein paarmal ging sie noch auf und ab, spähte noch einmal mit letzter Hoffnung die Straße entlang, dann wandte sie sich ihrem Hause zu. Sie fror.

Müde ging sie hinauf. Sie hörte, wie man nebenan die Kinder zu Bett brachte, aber sie vermied, ihnen gute Nacht zu wünschen, Abschied zu nehmen für die eine und dabei an die ewige zu denken. Wozu sie jetzt auch sehen? Um an ihren übermütigen Küssen ungetrübtes Glück zu fühlen, in ihren hellen Gesichtern die Liebe? Wozu sich noch martern mit einer Freude, die doch schon verloren war? Sie biss die Zähne zusammen: Nein, sie wollte nichts mehr vom Leben fühlen, nicht mehr das Gute und Lachende, das sie mit vieler Erinnerung band, da sie doch all diesen Zusammenhalt morgen mit einem Ruck zerreißen musste. Nur an das Widerwärtige wollte sie jetzt denken, an das Hässliche, das Gemeine, an das Verhängnis, die Erpresserin, an den Skandal, an alles, was sie forttrieb, dem Abgrund entgegen.

Die Heimkehr ihres Mannes unterbrach das dumpfe und einsame Sinnen. Freundlich um ein reges Gespräch bemüht, suchte er sich ihr im Worte zu nähern und fragte vielerlei. Eine gewisse Nervosität meinte sie dieser plötzlich so regen Sorgsamkeit entraten zu können, aber sie widerstrebte jedem Gespräch in Erinnerung an das von gestern. Irgendeine innere Angst hielt sie zurück, sich durch Liebe zu binden, durch Sympathie halten zu lassen. Er schien ihren Widerstand zu spüren und irgendwie besorgt. Sie wiederum fürchtete von seiner Besorgnis neuerliche Annäherung und bot ihm frühzeitig gute Nacht. „Auf morgen“, antwortete er. Dann ging sie.

Morgen: Wie nah das war und wie unendlich fern! Ungeheuer weit und finster schien ihr die schlaflose Nacht. Allmählich wurden die Geräusche der Straße seltener, an den Reflexen des Zimmers sah sie, dass die Lichter draußen erloschen. Manchmal meinte sie, die nahen Atemzüge von den andern Zimmern fühlen zu können, das Leben ihrer Kinder, ihres Mannes und der ganzen nahen und doch so fernen, fast schon entschwundenen Welt, aber auch gleichzeitig ein namenloses Schweigen, das nicht aus der Natur, nicht von ringsum zu kommen schien, sondern von innen, aus geheimnisvoll rauschender Quelle. Eingesargt fühlte sie sich in einer Unendlichkeit von Stille und das Dunkel unsichtbarer Himmel auf ihrer Brust. Manchmal sprachen die Stunden laut eine Zahl in das Dunkel, dann ward die Nacht schwarz und leblos, aber zum ersten Mal meinte sie den Sinn dieser endlosen, leeren Dunkelheit zu verstehen. Sie sann jetzt nicht mehr über Abschied und Tod, sondern dachte nur, wie sie ihm entgegenflüchten und möglichst unauffällig den Kindern und sich die Schande des Aufsehens ersparen könnte. An alle Wege sann sie, von denen sie wusste, dass sie zum Tode führten, dachte alle Möglichkeiten der Selbstvernichtung aus, bis sie sich mit einer Art freudigen Schreckens plötzlich erinnerte, dass der Arzt bei einer schmerzhaften Krankheit, die Schlaflosigkeit im Gefolge hatte, ihr Morphium verschrieben hatte, und sie damals tropfenweise das süß-bittere Gift aus einem kleinen Fläschchen genommen hatte, dessen Inhalt, wie man ihr damals sagte, hinreichend war, einen sanft entschlummern zu lassen. Oh, nicht mehr gejagt zu werden, ruhen können, ruhen ins Unendliche, nicht mehr den Hammer der Angst auf dem Herzen zu spüren! Der Gedanke dieses sanften Entschlummerns reizte die Schlaflose unendlich, schon meinte sie den galligen Geschmack auf den Lippen zu fühlen und die weiche Umnachtung der Sinne. Eilig raffte sie sich auf und entzündete das Licht. Das Fläschchen, das sie bald fand, war nur mehr halb voll und sie befürchtete, es möchte nicht genügen. Fieberhaft durchforschte sie alle Laden, bis sie schließlich das Rezept fand, das die Bereitung größerer Quantitäten ermöglichte. Wie eine kostbare Banknote faltete sie es lächelnd zusammen: Nun hielt sie den Tod in der Hand. Kühl durchschauert und doch beruhigt wollte sie wieder zurück ins Bett, aber jetzt, wie sie am beleuchteten Spiegel vorbeischritt, sah sie plötzlich aus dem dunklen Rahmen sich selbst entgegentreten, gespenstig, bleich, hohlen Auges und vom weißen Nachtgewand wie in ein Leichenlaken gehüllt. Grauen fiel sie an, sie löschte das Licht, flüchtete frierend in das verlassene Bett und lag wach bis in den dämmernden Tag.

Am Vormittag verbrannte sie ihre Briefschaften, brachte Ordnung in allerhand kleine Dinge, aber sie vermied nach Möglichkeit, die Kinder zu sehen und alles überhaupt, was ihr lieb war. Sie wollte das Leben jetzt nur abhalten, sich an sie mit Lust und Verlockung anzuklammern und ihr den gefassten Entschluss durch ein nur vergebliches Zögern noch zu erschweren. Dann ging sie noch einmal auf die Straße, zum letzten Mal das Schicksal zu versuchen und der Erpresserin zu begegnen. Sie ging wieder rastlos die Straßen ab, aber nicht mehr mit jenem gesteigerten Gefühl der Spannung. In ihr war schon etwas müde geworden, und sie verzagte, weiterkämpfen zu können. Sie ging und ging wie aus Pflichtbewusstsein zwei Stunden. Nirgends war die Person zu sehen. Es tat ihr nicht mehr weh. Fast wünschte sie nicht mehr die Begegnung, so kraftlos fühlte sie sich. Sie sah in die Gesichter der Menschen hinein, und alle schienen ihr fremd, alle tot und irgendwie abgestorben. Das alles war irgendwie schon fern und verloren und gehörte ihr nicht mehr. Nur einmal schrak sie zusammen. Ihr war, als hätte sie beim Umblicken auf der anderen Seite der Straße aus dem Gewühl plötzlich den Blick ihres Mannes gefühlt, jenen merkwürdigen, harten, stoßenden Blick, den sie erst seit Kurzem an ihm kannte. Ärgerlich starrte sie hinüber, aber die Gestalt war rasch hinter einem vorbeifahrenden Wagen verschwunden, und sie beruhigte sich mit dem Gedanken, dass er zu dieser Zeit immer bei Gericht beschäftigt sei.

Das Gefühl für die Stunde wurde ihr unsicher in der spähenden Erregung, und sie kam verspätet zum Mittagsmahl. Aber auch er war noch nicht zur Stelle wie sonst, sondern kam erst zwei Minuten später und, wie ihr dünkte, ein wenig erregt.

Sie zählte jetzt die Stunden bis zum Abend und erschrak, wie viele es noch waren, wie wunderlich das war, wie wenig Zeit man brauchte zum Abschiednehmen, wie wenig wert alles schien, wenn man wusste, dass man es nicht mitnehmen könne. Etwas wie Schläfrigkeit kam über sie. Mechanisch ging sie wieder die Straße hinab, aufs Geratewohl, ohne zu denken oder zu schauen. An einer Kreuzung riss ein Kutscher im letzten Augenblick die Pferde zurück, schon hatte sie die Deichsel des Wagens knapp vor sich hinstoßen gesehen. Der Kutscher fluchte gemein, sie wandte sich kaum um: Das wäre Rettung gewesen oder Aufschub. Ein Zufall hätte ihr den Entschluss erspart. Müde ging sie weiter: Es war wohltuend, so gar nichts zu denken, nur wirr ein dunkles Gefühl vom Ende innen zu spüren, einen Nebel, der sacht niederstieg und alles verhüllte.

Als sie zufällig aufblickte, nach dem Namen der Straße zu sehen, schauerte sie zusammen: In ihrem verworrenen Wandeln war sie durch Zufall bis beinahe vor das Haus ihres einstigen Geliebten gekommen. War das ein Zeichen? Er könnte ihr vielleicht noch helfen, er musste die Adresse jener Person wissen. Sie zitterte beinahe vor Freude. Wie hatte sie dies nicht bedenken können, dies Einfachste? Mit einem Male spürte sie die Glieder wieder reg, die Hoffnung beschwingte die trägen Gedanken, die jetzt wirr durcheinander stoben. Er müsste jetzt hingehen mit ihr zu jener Person und ein für alle Mal ein Ende machen. Er müsste sie bedrohen, diese Erpressungen einzustellen, vielleicht genügte eine Summe sogar, sie aus der Stadt zu entfernen. Es tat ihr plötzlich leid, den Armen jüngst so schlecht behandelt zu haben, aber er würde ihr helfen, sie war dessen gewiss. Wie seltsam, dass diese Rettung jetzt erst kam, jetzt, in letzter Stunde.

Hastig eilte sie die Treppen hinauf und läutete. Niemand öffnete. Sie horchte: Es war ihr, als hätte sie vorsichtige Schritte hinter der Tür gehört. Sie läutete nochmals. Wieder ein Schweigen. Und wieder ein leises Geräusch von innen. Da riss ihr die Geduld: Sie läutete ohne Unterlass, es galt ja ihr Leben.

Endlich rührte sich etwas hinter der Tür, das Schloss knackte, und ein schmaler Spalt tat sich auf. „Ich bin es", hastete sie rasch.

Wie mit einem Erschrecken öffnete er jetzt die Tür. „Du bist … Sie sind es … gnädige Frau", stammelte er, sichtlich verlegen. „Ich war … verzeihen Sie … ich war … nicht darauf vorbereitet … auf Ihren Besuch … verzeihen Sie meinen Aufzug." Dabei deutete er auf seine Hemdärmel. Sein Hemd war halb offen, und er trug keinen Kragen.

„Ich muss Sie dringend sprechen … Sie müssen mir helfen", sagte sie nervös, weil er sie noch immer im Flur stehen ließ wie eine Bettlerin. „Wollen Sie mich nicht eintreten lassen und mich eine Minute anhören“, fügte sie gereizt hinzu.

„Bitte“, murmelte er verlegen und mit einem seitlichen Blick, „ich bin nur jetzt … ich kann nicht recht …“

„Sie müssen mich hören. Es ist ja Ihre Schuld. Sie haben die Pflicht, mir zu helfen … Sie müssen mir den Ring schaffen, Sie müssen … Oder sagen Sie mir wenigstens die Adresse … Sie verfolgt mich immer, und jetzt ist sie fort … Sie müssen, hören Sie, Sie müssen.“

Er starrte sie an. Jetzt merkte sie erst, dass sie ganz zusammenhanglos die Worte keuchte.

„Ach so … Sie wissen nicht … Also, Ihre Geliebte, Ihre frühere, die Person hat mich damals von Ihnen fortgehen sehn, und seitdem verfolgt sie mich und erpresst von mir … sie foltert mich zu Tode … Jetzt hat sie mir den Ring genommen, und den, den muss ich haben. Bis heute Abend muss ich ihn haben, ich habe es gesagt, bis heute Abend … Wollen Sie mir also helfen.“

„Aber … aber ich …“

„Wollen Sie oder nicht?“

„Aber ich kenne doch keine Person. Ich weiß nicht, wen Sie meinen. Ich habe nie Beziehungen gehabt zu Erpresserinnen.“ Er war beinahe grob.

„So … Sie kennen sie nicht. Sie sagt das so aus der Luft. Und sie kennt Ihren Namen und meine Wohnung. Vielleicht ist es auch nicht wahr, dass sie erpresst. Vielleicht träume ich das nur.“

Sie lachte grell. Ihm wurde unbehaglich. Einen Augenblick fuhr es ihm durch den Sinn, sie könnte wahnsinnig sein, so funkelten ihre Augen. Ihr Gehaben war verstört, die Worte sinnlos. Ängstlich sah er sich um.

„Bitte beruhigen Sie sich doch … gnädige Frau … ich versichere Ihnen, Sie täuschen sich. Es ist ganz ausgeschlossen, das muss … nein, ich verstehe es selbst nicht. Ich kenne Frauen dieser Sorte nicht. Die beiden Beziehungen, die ich hier seit meinem, wie Sie wissen, doch kurzen Aufenthalt hatte, sind nicht derart … ich will keinen Namen nennen, aber … aber es ist so lächerlich … ich versichere Ihnen, es muss ein Irrtum sein …“

„Sie wollen mir also nicht helfen?“

„Aber gewiss … wenn ich kann.“

„Dann … kommen Sie. Wir gehen zusammen zu ihr …“

„Zu wem … zu wem denn?“ Er fühlte wieder das Grauen, sie sei wahnsinnig, als sie ihn jetzt beim Arm fasste.

„Zu ihr … Wollen Sie oder wollen Sie nicht?“

„Aber gewiss … gewiss“ – sein Verdacht wurde immer mehr

bestärkt durch die Gier, mit der sie ihn drängte – „gewiss … gewiss …“

„So kommen Sie … es geht mir um Leben und Tod!“

Er hielt an sich, um nicht zu lächeln. Dann wurde er mit einem Male förmlich.

„Verzeihung, gnädige Frau … aber es ist mir momentan nicht möglich … ich habe Klavierstunde … ich kann jetzt nicht unterbrechen …“

„So … so …“, grell lachte sie ihm ins Gesicht, „so geben Sie Klavierstunden … in Hemdärmeln … Sie Lügner.“ Und plötzlich, gepackt von einer Idee, stürmte sie vorwärts. Er suchte sie zurückzuhalten. „Hier ist sie also, die Erpresserin, bei Ihnen? Am Ende spielt ihr gemeinsames Spiel. Vielleicht teilt ihr alles, was ihr aus mir herausgepresst habt. Aber ich will sie mir fassen. Jetzt habe ich vor nichts mehr Angst.“ Sie schrie laut. Er hielt sie fest, aber sie rang mit ihm, riss sich los und stürzte zur Tür des Schlafzimmers.

Eine Gestalt fuhr zurück, die offenbar an der Tür gelauscht hatte. Irene starrte entgeistert eine fremde Dame in etwas unordentlicher Toilette an, die ihr Gesicht hastig abwandte. Ihr Geliebter war ihr nachgestürmt, um Irene zu halten, die er für wahnsinnig hielt, und ein Unglück zu verhüten, aber schon trat sie wieder aus dem Zimmer zurück. „Verzeihen Sie“, murmelte sie. Es war ihr ganz wirr. Sie verstand nichts mehr, nur Ekel fühlte sie, unendlichen Ekel, und eine Müdigkeit.

„Verzeihen Sie“, sagte sie noch einmal, als sie ihn unruhig ihr nachschauen sah. „Morgen … morgen werden Sie alles begreifen … das heißt, ich … ich verstehe selbst nichts mehr.“ Wie zu einem Fremden sprach sie zu ihm. Nichts erinnerte sie, dass sie jemals diesem Menschen angehort hatte, und kaum spürte sie noch den eigenen Körper. Es war alles jetzt noch viel wirrer als zuvor, sie wusste nur, dass irgendwo eine Lüge sein müsste. Aber sie war zu müde, noch zu denken, zu müde, zu schauen. Mit geschlossenen Augen stieg sie die Treppe hinab wie ein Verurteilter zum Schafott.

Dunkel war die Straße, als sie hinaustrat. Vielleicht, flog es ihr durch den Sinn, wartet sie jetzt drüben, vielleicht kommt jetzt im letzten Augenblick noch Rettung. Es war ihr, als müsste sie die Hände falten und beten zu einem vergessenen Gott. Oh, nur noch ein paar Monate sich kaufen können, die paar Monate bis zum Sommer, und dann dort friedlich leben, unerreichbar für die Erpresserin, leben zwischen Wiesen und Feldern, nur einen Sommer, aber ihn so ganz und voll, dass er mehr zählt wie ein ganzes Menschenleben. Gierig spähte sie auf die schon dunkle Straße. Drüben in einem Haustor vermeinte sie eine Gestalt lauern zu sehen, aber jetzt, wie sie näher trat, schwand sie tiefer in den Flur zurück. Einen Augenblick glaubte sie, Ähnlichkeit mit ihrem Mann zu entdecken. Zum zweiten Mal kam ihr heute diese Angst, ihn und seinen Blick auf der Straße plötzlich zu spüren. Sie zögerte, um sich zu überzeugen. Aber die Gestalt war verschwunden im Schatten. Unruhig ging sie weiter, ein seltsam gespanntes Gefühl im Nacken wie von einem rückwärts brennenden Blick. Einmal wandte sie sich noch um. Aber da war niemand mehr zu sehen.

Die Apotheke war nicht weit. Mit einem leisen Schauer trat sie ein. Der Provisor nahm das Rezept und machte sich an die Bereitung. Alles sah sie in dieser einen Minute, die blanke Waage, die zierlichen Gewichte, die kleinen Etiketten, und oben in den Schränken die Reihen der Essenzen mit den fremdartigen lateinischen Namen, die sie unbewusst alle mit den Blicken buchstabierte. Sie hörte die Uhr ticken, spürte den eigentümlichen Duft, diesen fettig-süßlichen Geruch der Arzneien, und erinnerte sich mit einem Male, als Kind ihre Mutter immer gebeten zu haben, die Besorgungen für die Apotheke übernehmen zu dürfen, weil sie diesen Geruch liebte und den fremdartigen Anblick der vielen blinkenden Tiegel. Dabei entsann sie sich entsetzt, dass sie es versäumt habe, von ihrer Mutter Abschied zu nehmen, und die arme Frau tat ihr furchtbar leid. Wie sie erschrecken würde, dachte sie entsetzt, aber schon zählte der Provisor aus einem bauchigen Gefäß die hellen Tropfen in ein blaues Fläschchen. Starr sah sie zu, wie der Tod aus diesem Gefäß in das kleine wanderte, von dem er bald in ihre Adern strömen sollte, und ein Gefühl von Kälte rieselte durch ihre Glieder. Sinnlos, in einer Art von Hypnose, starrte sie auf seine Finger, die jetzt den Pfropfen in das gefüllte Glas bohrten und jetzt mit Papier die gefährliche Rundung überklebten. Alle ihre Sinne waren gefesselt und gelähmt von dem grausigen Gedanken.

„Zwei Kronen, bitte", sagte der Provisor. Sie wachte auf aus ihrer Starre und sah fremd um sich. Dann griff sie mechanisch in die Tasche, um das Geld hervorzuholen. Noch traumhaft war alles in ihr, sie sah die Münzen an, ohne sie gleich zu erkennen, und verzögerte sich unwillkürlich im Zählen.

In diesem Augenblick fühlte sie ihren Arm erregt beiseitegeschoben und hörte Geld auf die gläserne Schüssel klingen. Eine Hand streckte sich neben ihr aus und griff nach dem Fläschchen.

Unwillkürlich wandte sie sich herum. Und ihr Blick erstarrte. Es war ihr Mann, der da stand mit hart zugepressten Lippen. Sein Gesicht war fahl, und auf der Stirn funkelte ihm feuchter Schweiß. Sie fühlte sich einer Ohnmacht nahe und musste sich am Tisch festhalten. Mit einem Male begriff sie, dass er es gewesen, den sie auf der Straße gesehen und der eben noch im Haustor gelauert; etwas in ihr hatte ihn schon dort ahnend erkannt und besann sich wirr in der einen Sekunde.

„Komm", sagte er mit einer dumpfen, würgenden Stimme. Sie sah ihn starr an und verwunderte sich im Innern, in einer ganz dumpfen, tiefen Welt ihres Bewusstseins, dass sie ihm gehorchte. Und ihr Schritt ging mit, ohne dass sie es selber wusste.

Sie gingen nebeneinander über die Straße. Keiner blickte den andern an. Er hielt das Fläschchen noch immer in der Hand. Einmal blieb er stehen und wischte sich die feuchte Stirn. Unwillkürlich hemmte auch sie den Schritt, ohne es zu wollen, ohne es zu wissen. Aber sie wagte nicht, hinüberzublicken. Keiner sprach ein Wort, der Lärm der Straße wogte zwischen ihnen.

Auf der Stiege ließ er sie vorausschreiten. Und sofort, wie er nicht neben ihr ging, geriet ihr Schritt ins Wanken. Sie blieb stehen und hielt sich an. Da stützte er ihren Arm. Bei der Berührung schrak sie zusammen und hastete die letzten Stufen rascher hinauf. Sie trat ins Zimmer. Er folgte ihr. Dunkel glänzten die Wände, kaum waren die Gegenstände zu unterscheiden. Noch immer sprachen sie kein Wort. Er riss das Papier der Umhüllung ab, öffnete das Fläschchen, goss den Inhalt fort. Dann schleuderte er es heftig in eine Ecke. Sie zuckte zusammen bei dem klirrenden Laut.

Sie schwiegen und schwiegen. Sie fühlte, wie er sich bändigte, fühlte es, ohne hinzusehen. Endlich trat er auf sie zu. Nahe und nun ganz nah. Sie konnte seinen schweren Atem spüren und sah mit ihrem starren und wie verwölkten Blick den Glanz seiner Augen funkelnd aus dem Dunkel des Raumes treten. Seinen Zorn wartete sie schon losbrechen zu hören und schauerte starr dem harten Griff seiner Hand entgegen, der sie erfasste. Irenen stand das Herz still, nur die Nerven vibrierten wie hochgespannte Saiten; alles wartete auf die Züchtigung, und beinahe ersehnte sie seinen Zorn. Aber er schwieg noch immer, und mit einem unendlichen Staunen spürte sie, dass sein Nahetreten ein sanftes war. „Irene", sagte er, und seine Stimme klang merkwürdig weich. „Wie lange sollen wir uns noch quälen?"

Da brach es aus ihr, plötzlich, konvulsivisch, mit einem übermächtigen Stoß, wie ein einziger, sinnloser tierischer Schrei, endlich stürzte es vor, das aufgesparte, niedergerungene Schluchzen all dieser Wochen. Eine zornige Hand schien sie von innen zu fassen und gewalttätig zu rütteln, sie schwankte wie eine Trunkene und wäre umgesunken, hätte er sie nicht festgehalten.

„Irene", beruhigte er, „Irene, Irene", immer leiser, immer beschwichtigender ihren Namen sprechend, als könnte er den verzweifelten Aufruhr der gekrampften Nerven durch die immer zärtlichere Tönung des Wortes glätten. Aber nur Schluchzen antwortete ihm, wilde Stöße, Wogen von Schmerz, die den ganzen Körper durchrollten. Er führte, er trug den zuckenden Körper zum Sofa und bettete ihn hin. Aber das Schluchzen wurde nicht still. Wie mit elektrischen Schlägen schüttelte der Weinkrampf die Glieder, Wellen von Schauer und Kälte schienen den gefolterten Leib zu überrinnen. Seit Wochen auf das Unerträglichste gespannt, waren die Nerven nun zerrissen, und fessellos tobte die Qual durch den fühllosen Leib.

Er hielt in höchster Erregung ihren durchschauerten Körper, fasste die kalten Hände, küsste zuerst beruhigend und dann wild, in Angst und Leidenschaft, ihr Kleid, ihren Nacken, aber das Zucken fuhr immer wie ein Riss über die hingekauerte Gestalt, und von innen rollte die aufstürzende, endlich entfesselte Welle des Schluchzens empor. Er fühlte das Gesicht an, das kühl war, von Tränen gebadet, und spürte die hämmernden Adern an den Schläfen. Eine unsägliche Angst überkam ihn. Er kniete hin, näher zu ihrem Antlitz zu sprechen.

„Irene", immer wieder fasste er sie an, „warum weinst du ... Jetzt ... jetzt ist doch alles vorbei ... Warum quälst du dich noch ... Du musst dich nicht ängstigen mehr ... Sie wird nie mehr kommen, nie mehr ..."

Ihr Körper zuckte wieder auf, mit beiden Händen hielt er ihn fest. Eine Angst war in ihm, als er diese Verzweiflung fühlte, die den gefolterten Leib zerriss, als hätte er sie gemordet. Immer wieder küsste er sie und stammelte wirre Worte der Entschuldigung.

„Nein ... nie mehr ... ich schwöre es dir ... ich habe es ja nicht ahnen können, dass du so sehr erschrecken würdest ... nur rufen wollte ich dich ... zurückrufen zu deiner Pflicht ... nur dass du von ihm weggehst ... für immer ... und zurück zu uns ... ich hatte doch keine andere Wahl, als ich es durch Zufall erfuhr ... ich konnte es dir selbst doch nicht sagen ... ich dachte ... dachte immer, du würdest kommen ... darum habe ich sie gesandt, diese arme Person, dass sie dich treiben sollte ... ein armes Ding ist sie, eine Schauspielerin, eine entlassene ... sie hat sich ja ungern hergegeben, aber ich wollte es ... ich sehe, es war unrecht ... aber ich wollte dich doch zurück … ich habe dir doch immer gezeigt, dass ich bereit bin … dass ich nichts will als verzeihen, aber du hast mich nicht verstanden … aber so … so weit wollte ich dich nicht treiben … ich habe ja mehr gelitten, alles das zu sehen … jeden Schritt habe ich dich beobachtet … nur wegen der Kinder, weißt du, wegen der Kinder musste ich dich doch zwingen … aber jetzt ist doch alles vorbei … jetzt wird alles wieder gut …“

Sie hörte dumpf aus einer unendlichen Ferne Worte, die nah klangen, und verstand sie doch nicht. Ein Rauschen wogte ihr innen, das alles übertönte, ein Tumult der Sinne, in dem jedes Gefühl verging. Sie fühlte Berührung an ihrer Haut, Küsse und Liebkosungen, und die eigenen, nun schon erkaltenden Tränen, aber innen war das Blut voll Klingen, voll eines dumpfen, dröhnenden Getöns, das gewaltsam schwoll und nun donnerte wie rasende Glocken. Dann schwand ihr alle Deutlichkeit. Sie spürte, wirr aus ihrer Ohnmacht erwachend, dass man sie entkleidete, sah wie durch viele Wolken das Antlitz ihres Mannes, gütig und besorgt. Dann fiel sie tief ins Dunkel hinab, in den lang entbehrten, schwarzen, traumlosen Schlaf.

Als sie am nächsten Morgen die Augen aufschlug, war es schon hell im Zimmer. Und Helligkeit spürte sie in sich, entwölkt und wie durch Gewitter gereinigt das eigene Blut. Sie versuchte sich zu besinnen, was ihr geschehen war, aber alles schien ihr noch Traum. Unwirklich, leicht und befreit, so wie man im Schlaf durch die Räume schwebt, dünkte ihr dies hämmernde Empfinden, und um der Wahrheit des wachen Erlebens gewiss zu werden, tastete sie die eigenen Hände prüfend ab.

Plötzlich schrak sie zusammen: An ihrem Finger funkelte der Ring. Mit einem Male war sie ganz wach. Die wirren Worte, aus halber Ohnmacht gehört und doch nicht, ein ahnungsvoll dumpfes Gefühl von vordem, das nur nie gewagt hatte, Gedanke und Verdacht zu werden, beides verflocht sich jetzt plötzlich zu klarem Zusammenhang. Alles verstand sie mit einem Male, die Fragen ihres Mannes, das Erstaunen ihres Liebhabers, alle Maschen rollten sich auf, und sie sah das grauenvolle Netz, in dem sie verstrickt gewesen war. Erbitterung überfiel sie und Scham, wieder begannen die Nerven zu zittern, und fast bereute sie, erwacht zu sein aus diesem traumlosen, angstlosen Schlaf.

Da klang Lachen von nebenan. Die Kinder waren aufgestanden und lärmten wie erwachende Vögel in den jungen Tag. Deutlich erkannte sie die Stimme des Knaben und spürte erstaunt zum ersten Mal, wie sehr sie der seines Vaters glich. Leise flog ein Lächeln auf ihre Lippen und rastete dort still. Mit geschlossenen Augen lag sie, um all dies tiefer zu genießen, was ihr Leben war und nun auch ihr Glück. Innen tat noch leise etwas weh, aber es war ein verheißender Schmerz, glühend und doch lind, so wie Wunden brennen, ehe sie für immer vernarben wollen.

NACHWORT

„Die Phantasie der Angst ist jener böse äffische Kobold, der dem Menschen gerade dann noch auf den Rücken springt, wenn er schon am schwersten zu tragen hat.“
(Nietzsche)

Stefan Zweig ergänzt eine Fassung seiner Novelle um den Vermerk: „Geschrieben Wien, 1910“. Und wenn es in diesem Jahr ein kulturgeschichtliches Ereignis gibt, das auf ein Interpretationsinstrument für den Text hinweist, so ist es die Gründung der Internationalen Psychoanalytischen Vereinigung (IPV). Zweigs Novelle kann als psychoanalytisches Fallbeispiel gelesen und gedeutet werden.

Bereits der Titel nennt ein psychisches Phänomen, das sich folgendermaßen definieren lässt: „Unter Angst versteht man allgemein eine Stimmung oder ein Gefühl der Beengtheit, Beklemmung oder Bedrohung, einen unangenehmen, spannungsreichen, oft quälenden emotionalen Zustand.“ (Brockhaus Psychologie. Brockhaus. Leipzig/Mannheim. 2001. S. 38) Dieses Phänomen literarisiert Zweig, dessen novellistische Prosa unmittelbar durch die Lektüre von Freuds Schriften beeinflusst ist, in seinem Text *Angst*.

Wien ist um die Jahrhundertwende ein Zentrum impressionistischer Literatur. Auch in Zweigs Novelle, insbesondere in der Darstellung des Erlebens und Verhaltens Irene Wagners, finden sich impressionistische Züge: Innerhalb von Sekunden können sich ihre Wahrnehmung, ihre Stimmungen und Gefühle sowie ihr Handeln schlagartig verändern.

Irene durchlebt, wie auch viele Figuren Schnitzlers und zahlreiche Patientinnen Freuds, die inneren Spannungen, die sich aus dem Konflikt zwischen dem erotischen Verlangen der/des Einzelnen und dem gesellschaftlichen Moralkodex ergeben. Irenes innerer Konflikt (vgl. die Definition der Novelle) ist derjenige zwischen Ich, Es und Über-Ich. Das freudsche top(ograf)ische Modell kann in hervorragender Weise zur Charakterisierung Irenes herangezogen werden. Zweig exemplifiziert an Irene fast lehrbuchartig den Kampf zwischen unbewussten Antrieben (Es) und dem kontrollierenden Bewusstsein (Über-Ich). Die ausgleichende Instanz des Ich versagt. Dabei ist Irene weniger als Individuum, vielmehr als ein bestimmter Typus aufzufassen: Die Angehörige einer gehobenen Gesellschaftsschicht der k. u. k. Monarchie lebt in exakt definierten sozialen Rahmenbedingungen, in denen jede/r ganz genau weiß, was zu tun und zu unterlassen ist. Hierin unterscheidet Irene Wagner sich nicht von *Frau Berta Garlan* (Schnitzler, 1901) oder von *Fräulein Else* (Schnitzler, 1924 – Hamburger Leseheft Nr. 211).

In seiner Autobiografie *Jugend in Wien* (1920) betont Schnitzler: „Treue zwischen zwei Liebes- oder gar Eheleuten vermochte ich bestenfalls als einen glücklichen Zufall aufzufassen.“ Und so gerät auch Irene in ein sogenanntes Verhältnis mit einem anderen Mann. Subtil dabei ist, dass keineswegs das Zusammensein mit diesem Mann Irene in Ekstase geraten lässt – ganz im Gegenteil. Erst die Angst vor dem Entdecktwerden löst in ihr eine rasende Leidenschaft aus. Damit ist ein typisches Motiv dieser impressionistischen Wiener Erzählung gegeben: (fast) pathologische existenzbestimmende Leidenschaft in gutbürgerlichem Ambiente. Selbst Irenes kleine Tochter tritt bereits in die Fußstapfen ihrer Mutter, als sie zornig das Spielzeugpferdchen ihres Bruders zerstört, ausweidet und im Ofen verbrennt.

Irene durchlebt verschiedene Formen von Angst, zeigt jedoch zwischendurch auch noch typische Verhaltensweisen des nach Abenteuern suchenden Menschen, wie wir ihn zum Beispiel aus dem schnitzlerschen *Anatol*-Zyklus kennen (Uraufführung in Wien, 1910).

Ebenfalls repräsentativ für die Literatur der Zeit sind die massiven Kommunikationsprobleme zwischen Fritz und Irene (vgl. z. B. Schnitzlers *Reigen*, 1900/1903; Hamburger Leseheft Nr. 233). Fast scheint es, als würde es den Ehepartnern Schmerzen bereiten, offen miteinander zu sprechen.

Es verwundert nicht, dass Irene Wagner schließlich den Freitod in Erwägung zieht und einen wesentlichen Schritt dazu tut. Auch dadurch wird sie zu einer typischen Protagonistin dieser Literaturrichtung.

Irene gelingt es zwischenzeitlich, ihre existenzielle Dramatik zu verdrängen. Für dieses Verhalten kann uns die Psychoanalyse plausible Erklärungsansätze anbieten (vgl. das Konzept der Abwehrmechanismen).

Bekanntlich war der Traum für Freud der Königsweg ins Unbewusste und die Traumdeutung konstitutives Element psychoanalytischer Theorie wie Praxis. Wer Freuds entscheidendes Werk *Die Traumdeutung* (1899, vordatiert auf 1900) liest, wird darin mehrere Träume untreuer Ehefrauen finden. Arthur Schnitzler, der als einer der Ersten *Die Traumdeutung* liest, arbeitet gleichzeitig an seiner Erzählung *Frau Berta Garlan*, in der er einen Traum schildert, der sehr differenziert ausgearbeitet ist: Tagreste tauchen auf, das „Traumgesetz“ der Darstellung durch das Gegenteil wird sichtbar, somatische Traumquellen und Außenreize fließen in den Trauminhalt ein und nach dem Erwachen wird die Diskrepanz zwischen erlebtem und erinnertem Traum deutlich.

In der Novelle *Angst* wird ein Traum von Irene Wagner dargestellt, und zwar in relativer Ausführlichkeit. Zweig geht dabei bezüglich der Übernahme psychoanalytischer Deutungsansätze nicht so weit wie Schnitzler in *Frau Berta Garlan*, aber zunächst folgt er Freud und Schnitzler in deren Überzeugung, dass Träume unterdrückte erotische Wünsche artikulieren können. In diesem Zusammenhang lässt Zweig Irene in ihrem Traum sogar weit in ihre Lebensgeschichte zurückblicken. Plötzlich kippt der Traum ins Gegenteil und verweist auf Irenes Zukunft, exakt so, wie wir dies in *Frau Berta Garlan* finden.

Zweig beschreibt in seiner Autobiografie *Die Welt von Gestern* (1942) die bürgerliche Moral des neunzehnten Jahrhunderts als eine viktorianische. Insbesondere die Frauen haben unter der rigiden (Sexual-) Moral zu leiden. Aus heutiger Perspektive ist es erschreckend, in welchem Maß der überichhaft agierende Fritz seine Gattin manipuliert und quält. Vor diesem Hintergrund befremdet uns insbesondere das Ende der Novelle: Die glücklich lächelnde Irene hat das Leid der letzten Tage als Strafe für ihre Verfehlung akzeptiert und wird diese Episode ihres Lebens schnell verdrängen.

In seiner Novelle *Angst* veranschaulicht Stefan Zweig zentrale Elemente der freudschen Psychoanalyse: den Umgang mit Sexualität in bestimmten gesellschaftlichen Rahmenbedingungen, die Wirkungsweisen von Ich, Es und Über-Ich, Wechselbeziehungen zwischen Bewusstem und Un(ter)bewusstem, die Verarbeitung existenziell relevanter Inhalte in Träumen, verschiedene Formen von Ängsten, Prozesse der Verdrängung sowie Ansätze von neurotischem Verhalten. Das macht die Novelle zu einem klassischen Beispiel dafür, wie sich in der Wiener Erzählung um 1900 Psychologie und Literatur kongenial ergänzen können.

Angst ist mehrfach verfilmt worden. Daneben existiert eine Bühnenbearbeitung (Uraufführung: Salzburg, 2010).

Eine gut verständliche Einführung in die Psychoanalyse, die vielfältige Bezüge zur Literatur aufgreift, bietet der Titel *Freuds Psychoanalyse – konkret* (Militzke. Leipzig. 2009).

ZEITTAFEL ZU STEFAN ZWEIG

28. 11. 1881	Stefan Zweig wird in Wien geboren
1900	er beginnt sein Studium der Philosophie und Literaturwissenschaft an der Universität Wien
1901	erste Buchveröffentlichung
1908–09	Reise nach Ceylon (heute Sri Lanka), Indien und Rangun (heute in Myanmar)
1911	Reise nach New York, Kanada, Panama, Kuba und Puerto Rico
1912	er lernt Friderike von Winternitz kennen, seine spätere Frau
1913	die Novelle *Brennendes Geheimnis* erscheint
1916	er kauft in Salzburg ein Haus
1920	er heiratet Friderike von Winternitz
1927	der Novellenband *Verwirrung der Gefühle* sowie der Titel *Sternstunden der Menschheit. Fünf historische Miniaturen* erscheinen
1928	Reise in die Sowjetunion
1931	die Trilogie *Die Heilung durch den Geist* erscheint
1933	die Nationalsozialisten verbrennen Bücher von Stefan Zweig
1934	sein Haus wird von der österreichischen Polizei durchsucht; er geht nach London
1936	Reise nach Brasilien und Argentinien
1937	Trennung von Friderike
1938	Scheidung
1939	der Roman *Ungeduld des Herzens* erscheint (englisch); er heiratet seine ehemalige Sekretärin Lotte Altmann
1940	Stefan und Lotte Zweig gehen nach New York, von dort aus zu einer Vortragsreise nach Brasilien, Argentinien und Uruguay und wieder zurück nach New York
1941	sie ziehen nach Petrópolis bei Rio de Janeiro; Zweig schreibt die *Schachnovelle* (Hamburger Leseheft Nr. 234) und beendet seine Autobiografie *Die Welt von Gestern. Erinnerungen eines Europäers*
22. 2. 1942	Stefan und Lotte Zweig nehmen sich das Leben; es findet ein Staatsbegräbnis statt

ANMERKUNGEN

7	12	*Südbahnhof.* Wiener Bahnhof. Bahnhof südlich des Belvedere-Gartens; der heutige Hauptbahnhof
9	34	*Billett.* hier: Briefchen, kurzes Schreiben
11	1	*kokettieren.* hier: mit jemandem nur spielen, sich nicht wirklich auf ihn einlassen; flirten
	10	*Impromptu.* aus einem augenblicklichen Einfall heraus frei gestaltetes Musikstück (bes. für das Klavier)
	16	*schicklich.* angemessen, anständig
12	18	*Kokotte.* Halbweltdame, Prostituierte
13	13	*dünken.* vorkommen, scheinen
	17	*brüsk.* unhöflich, schroff
15	29	*barsch.* mit heftiger, unfreundlicher Stimme, kurz, knapp
	43	*Muff.* längliche Hülle, zum Beispiel aus Pelz, zum Wärmen der Hände
16	34	*Alp.* (auch: Alb) schwere seelische Last, Bedrückung, Beklemmung
18	37	*Fauteuil.* bequemer Polstersessel mit Armlehnen
19	3	*verhalten.* (Adjektiv) zurückhaltend
20	13	*Gouvernante.* Erzieherin, Hauslehrerin
21	18	*Trottoir.* Bürgersteig
	41	*Koloratur.* virtuose Verzierung des Gesangs in hoher Lage
	42	*bacchantisch.* trunken, ausgelassen
25	28	*Ampel.* hier: Hängelampe
26	10	*Falsett.* hohe männliche Kopfstimme ohne Brustresonanz
	34	*Krone.* Währung in Österreich bis 1924/25
	38	*Kasten.* hier: Schrank
27	17	*parieren.* abwehren
	35	*juridisch.* juristisch (die Rechtsprechung betreffend)
	38	*Hasardspiel.* Glücksspiel
	43	*Plädoyer.* hier: zusammenfassende Rede eines Rechtsanwalts vor Gericht
34	13	*dämonisch.* unheimlich, teuflisch
35	1	*Inquisition.* im 12.–18. Jahrhundert für seine Grausamkeit sprichwörtliches Gericht der katholischen Kirche gegen Abtrünnige
40	2	*generös.* großzügig
41	3	*ausstaffieren.* einkleiden, herausputzen
42	5	*Zins.* hier: Miete
	36	*Versatzschein.* Quittung aus dem Leihhaus (Versatzamt)
51	20	*Toilette.* hier: Kleidung, Frisur, Aufmachung
	35	*Schafott.* Gerüst für Hinrichtungen durch Enthauptung
52	14	*Provisor.* hier: Apotheker, Leiter/Verwalter einer Apotheke
	24	*Tiegel.* hier: Gefäß zum Aufbewahren von Arzneien
53	42	*konvulsivisch.* krampfartig